Título: He matado a Dios
© 2020, Uri Ghelman

Fotografía de Portada: tomasopitzphotography@gmail.com

URI GHELMAN

HE MATADO A DIOS

Perdón. Aunque no creo que sea suficiente, pido perdón. Pido perdón a la literatura por haberme aventurado salvajemente a escribir un libro sin más formación literaria que mi eventual lectura en horas de baño y desvelo. ¿Se convierte uno en un pintor solo por haber pintado un cuadro? ¿Puede llamarse chef el que cocinó un huevo frito? No pretendo ser escritor solo por haber escrito esta novela. Soy simplemente alguien que tuvo un deseo de escribir y que le ganó a su inhibición.

Pido perdón a la religión, a sus instituciones y a sus fieles seguidores, por si acaso en algún momento, utilicé información o conceptos erróneamente, por si pequé por omisión o me excedí en mi ironía.

Pido perdón a la bibliografía utilizada, por no citarla detalladamente ni hacerle los honores que merece. Mis fuentes van desde cuentos de mis padres y palabras de maestros, pasando por la incensurable Internet, conversaciones de café, frases de pasillo robadas, hasta llegar a referencias directas y archivos de mi memoria.

Pido perdón al lector que no logré satisfacer, aunque espero al menos haberle despertado polémicas que lo alejen de lo cotidiano.

Pido perdón a todo aquel que, consciente o inconscientemente, participó en esta experiencia y que sería imposible agradecer, simplemente por el miedo a olvidar aunque sea a uno solamente.

En el principio creó Dios los cielos y la tierra...

1:1 — Cito: "Este admirable ordenamiento del Sol, los planetas y los cometas no puede ser sino la obra de un Ser todopoderoso e inteligente. Y si cada estrella fija es el centro de un sistema semejante al nuestro, es cierto que, llevando el sello de un mismo designio, todo debe estar sometido a un solo y mismo Ser... Este Ser infinito gobierna todo, no como alma del mundo, sino como el Señor de todas las cosas. Y a causa de este imperio, el Señor Dios es llamado 'Señor Universal'... Dios es el Ser supremo, eterno, infinito, absolutamente perfecto. Sir Isaac Newton".

Aquí hizo una pausa para permitir al grupo reflexionar acerca del pensamiento.

— Dios, el Todopoderoso... interesante concepto, ¿quién me lo explica? — continuó con su voz áspera que retumbaba por todo el aula.

Se acomodó los lentes y se acarició la barba mientras en el ambiente reinaba absoluto silencio. Siguió:

— ¿Nadie tiene nada que decir al respecto? — la respuesta fue la misma que antes.

El profesor Abraham Rosenthal coordinaba el Departamento de Filosofía en NYU, pero cuando asumió la coordinación dos años atrás, había tomado la decisión de continuar dictando clases en el Xavier High School. Era uno de esos profesores a los que se puede escuchar durante horas. Era reconocido por hacer participar aun al que se había inscrito en la clase únicamente por los créditos. La combinación de su rostro cálido, sus rasgos suaves y su voz gruesa lograban una hipnosis general. Debería tener aproximadamente cincuenta años, y llevaba enseñando probablemente la mitad de su vida. Su clase, como siempre, auditorio lleno.

— ¡Vamos! ¿Qué pasa? Es una clase de filosofía, no de religión. Les digo que Dios apenas se pasea por aquí... no le gusta ser cuestionado. Vamos a ver, ¿qué quiere decir "Todopoderoso"?

Al fondo se oyeron unas risas nerviosas mientras alguien levantaba una mano insegura.

— Sí, Debbie, al fin alguien que se atreve a romper el silencio.

— Que todo lo puede — dijo desde su puesto fijo en la primera fila, con sus tiernos ojos azules, sin despegarlos del profesor.

— Okey, definición de diccionario, pero es un comienzo después de todo. A ver, quiero una lista de cosas que hace este súperhéroe-todo-lo-puede".

— La creación del hombre.

— ¡Ajá! Y no se olviden de la mujer, ahí sí se ganó unos puntos conmigo — dijo mientras mordía una pata de los lentes. Sacó un marcador del bolsillo de la chaqueta y empezó a escribir lo que los alumnos dictaban como si fuera una lista de supermercado.

— Creó el día y la noche — dijo uno.

— Creó el mundo en siete días — dijo otro.

— Corrijo — interrumpió Abraham — en seis días, ya que el séptimo día descansó. Ahora me pregunto: ¿Para qué necesitaría descansar un ser Todopoderoso? ¿Acaso no pudo con una semana fuerte de trabajo? Hablando de todopoderoso, me recordé de un chiste. Un día, un ejecutivo sale tarde de casa y está muy preocupado porque tiene que dar una charla en una reunión importantísima en el centro de la ciudad. Total, que ya está llegando tarde, y todo desesperado, promete: "Dios Todopoderoso, por favor, dame un espacio para estacionar enfrente del trabajo para que no llegue tarde a la reunión, y a cambio iré a misa todos los domingos". Llega al trabajo y, efectivamente, hay un sitio para estacionar justo enfrente de la puerta y dice: "Olvídalo, ya encontré uno".

Después de las risas, continuaron:

— Las 10 plagas de Egipto — dijo una voz femenina.

— Las plagas, muestra de poder. Poder — repitió enfáticamente — Ahora, yo pregunto: ¿Tiene Dios el poder de crear el material más resistente sobre la faz de la Tierra?

A lo que se oyó un "Sí" casi al unísono, como haciéndole porras.

— Segunda pregunta: supongo también que es capaz de destruir cualquier objeto que se le atraviese.

— ¡Sí! — se oyó a coro desde el fondo.

— ¡Claro! — dijeron otros.

Continuó:

— ¿Sería capaz de crear un material que ni Él mismo pudiera destruir?

Los "sí" empezaron a escucharse más condicionales que afirmativos.

— ¿O acaso es incapaz de crear un material cien por ciento indestructible?... Pareciera que en una de las dos pierde — hizo una pausa— ¿No se sienten como si acabaran de descubrir la Kryptonita? Es aquí donde el concepto de "todopoderoso" empieza a tambalearse. Definitivamente, la palabra todopoderoso tiene ciertos límites. Para la semana que viene, quiero que cada uno traiga una representación de cómo ve a Dios, Alá, Jehová, Jesús, o como lo quieran llamar.

Los alumnos fueron desalojando la sala a diferentes velocidades. Como siempre, quedaba un pequeño grupo debatiendo sobre lo que recién habían escuchado. A los pocos minutos, Abraham Rosenthal se quedó solo en el salón, con la mirada fija al frente; como si pudiera ver en el tiempo, a través de la pared.

Cuando Abrémele tenía doce años, vivía en un pequeño apartamento en el sexto piso de un viejo edificio dentro de uno de los guetos judíos de Nueva York. El pequeño apartamento, que siempre olía a comida cocinándose, tenía el tamaño suficiente para los dos hijos, el gran rabino

Moisés Rosenthal y su esposa Dana.

Mientras otros niños estaban en la calle jugando al béisbol y oyendo a Los Beatles, Abrémele se dedicaba a estudiar Torá a la luz de una lámpara de kerosén. Lea, la hermana de Abraham, se quedaba ayudando a su mamá en las tareas del hogar. Los Rosenthal eran la típica familia judía ortodoxa.

— Mamá, ya te dije que quiero un vaso de leche — insistía Abrémele sin conformarse con los cinco "No" que había recibido hasta el momento.

— Abrémele, sabes muy bien que las leyes del kashrut *no nos permiten mezclar carne con leche.*

Abrémele iba diariamente a la Yeshivá a estudiar Torá.

Le encantaban las clases de religión, sentía fascinación por las historias relatadas en el libro sagrado. Era un alumno sumamente inteligente, pero por sobre todas las cosas, cuestionador. No se conformaba con ninguna respuesta, siempre necesitaba ir más allá. Dana, la esposa del rabino Rosenthal, era una excelente ama de casa, tranquila, cariñosa, dedicada por completo, casi esclavizada, a su esposo. Moisés Rosenthal era un rabino ortodoxo muy reconocido en su comunidad, dedicado por completo, casi esclavizado, a Dios.

— "No cocinarás al cabrito en la leche de su madre"… — dijo Abrémele, como si repitiera una lección de memoria — Pero estoy comiendo pollo y el pollo no da leche, a menos que los pollos en los tiempos de Moisés dieran.

— ¡Te he dicho mil veces que no cuestiones la Torá! — interrumpió el rabino Rosenthal tan enérgicamente como siempre, usando el mínimo de palabras necesarias.

— Pero hay cosas que no entiendo.

— Todavía no tienes la capacidad para entenderlas, y por los rumbos

que vas, parece que nunca la tendrás. Dios está a otro nivel, no te puedes comparar con Él.

— Pensé que nos había creado a su imagen y semejan… — dijo casi susurrando.

No había terminado la frase, cuando una cachetada le obligó a voltear la cara ciento ochenta grados.

No hubo más diálogo hasta el final de la cena… ni tampoco leche.

1:2 Eran las cinco de la tarde cuando, por culpa del aburrimiento que genera estar encerrado entre cuatro paredes, sin importar cuántas veces se lo habían prohibido, David y la pequeña Dana volvieron a convertir la sala de la casa en una cancha de fútbol. David, de dieciocho años, hijo mayor; Dana, de cinco años, la consentida de la casa y Goliat, un bóxer de cuatro años con expresiones casi humanas, ubicaban sus posiciones en el "campo de juego". Fue simplemente cuestión de esperar un zurdazo de David, que Goliat no pudo contener, para que se convirtiera la pantalla del televisor de cincuenta y dos pulgadas en cincuenta y dos pantallas de una pulgada. Goliat trataba sin mucho éxito de esconder los restos de la pantalla debajo del mueble del televisor imitando el esfuerzo inútil de su amo. David marcó al celular de su padre, pero se encontró con la contestadora:

"Gracias por llamar a la oficina celestial. Por favor selecciona una de las siguientes opciones: Presiona 1 para "peticiones". Presiona 2 para "quejas". Presiona 3 para cualquier otro asunto". Ya solo quedaba esperar a Papá.

Tras dos largas horas de espera, y luego del sobresalto inicial, Abraham reaccionó con la calma y paciencia que lo caracterizaban.

— Siéntense aquí — dijo con voz ronca y firme — Los dos.

— Dana no tiene nada que ver — dijo David enseguida.

— Bonito gesto, pero no. Los dos, por favor. Voy a contarles un cuento...

David y Dana se sentaron en el sofá frente a su padre. A Dana le temblaban los labios, como quien se aguanta las ganas de llorar. Goliat, el "guardián" de la casa, se sentó al lado del sofá y agachó la cabeza dispuesto a recibir el sermón, sabiéndose parte responsable, David miró hacia arriba sabiendo lo que le esperaba.

— El rey David, — comenzó Abraham — desde su balcón, observaba a la bella Betsabé bañándose en su terraza. La mujer le gustó mucho y la hizo venir al palacio. Ella estaba casada con un oficial del ejército, llamado Uriá, que luchaba en el sitio de la ciudad de Ammán.

El rey David lo manda a llamar y cuando Uriá llega al palacio le dice que vaya a su casa y se acueste con su esposa, pero el fiel soldado dice que no puede ir a descansar y estar con su esposa mientras sus hombres están en la batalla. Pasa la noche sentado a la puerta del palacio. A la mañana, cuando el rey ve que ya no visitaría a su mujer, lo envía con un mensaje secreto al comandante del ejército. En él, le ordena poner a Uriá en el lugar más peligroso, al lado de la muralla. Uriá muere en la guerra, y habiendo enviudado Betsabé, el rey David se casa con ella.

A raíz del acontecimiento, el rey recibe un día la visita del profeta Natán, que viene con un dilema.

"Su Majestad", — dijo Natán — "necesito su consejo: un señor muy rico con miles de ovejas es vecino de uno muy pobre que solo posee una, la cual le da lana suficiente para alimentar a su familia. El rico decide quitarle la oveja al pobre, dejándolo sin nada. ¿Qué debo hacer con este hombre?"

"Ese hombre merece la muerte" — respondió el rey David sin dudarlo.

Natán, con voz muy sutil, le dijo: "Pues ese hombre eres tú, ¿qué castigo mereces por haberte apoderado de Betsabé?"

Terminada la historia, mientras David y Dana trataban de encontrarle sentido, Abraham preguntó:

— Así como Natán exigió al rey David juzgarse a sí mismo, yo les pregunto: ¿Qué castigo se merecen por lo que hicieron?

— "Por ahí venía la cosa" — pensó David. Luego dijo con cara de fastidio— ¿Por qué no nos pegas como los demás padres?

Abraham sonrió. Él sabía que las heridas que las palabras causaban en el corazón tardaban más en cicatrizar que las físicas.

— Ok, tú primero, David.

Después de pensar un rato, David contestó, esperando un milagro:

— Creo que lo correcto es que yo pague por el daño. Puedes ir descontándolo de mi semana hasta que saldemos cuentas.

— Suena una medida muy fuerte, pero justa sin lugar a dudas. Ahora bien, como el televisor no era nuevo, luego llegaremos a un acuerdo del precio. También te aceptaré trabajos en la casa como parte de pago — hizo una pausa y preguntó— ¿Qué hay de ti, Dana?

— No sé — respondió.

— No puedo tomar eso como respuesta. A ver, piensa un poco más.

— Creo que me deberías encerrar en mi cuarto sin dejarme ir mañana al colegio.

— No, no — dijo Abraham, tratando de aguantarse una carcajada — No queremos privar a tus amigos y a la maestra de tu presencia. ¿Qué te parece encargarte de acomodar tu cuarto por dos semanas y ayudar a tu hermano con los trabajos de la casa?

Dana asintió y David se paró del sofá y se dirigió a su cuarto.

— ¿Adónde van? — preguntó Abraham— Tienen que acompañarme.

Vamos a comprar un nuevo televisor, muévanse.

Mientras David y Dana subían corriendo las escaleras para cambiarse, Abraham se quedó mirando fijamente la pelota de fútbol hasta perderla de foco. La memoria comenzaba a jugar con él otra vez.

Deberían tener todos alrededor de trece años. Acababan de terminar la clase de Bar-Mitzva con el rabino Goldberg. Mientras hacían tiempo esperando para la clase de la tarde, habían empezado un partido de fútbol en el callejón que estaba en la parte trasera de la Yeshivá.

Era un espectáculo digno de ver, parecían diez pingüinitos cazando su comida. Todos rigurosamente uniformados, pantalón negro, camisa blanca manga larga con los cuatro tzitzit colgando desde la cintura y abanicándose al compás de las piernas, la kipá negra asegurada a los largos y despeinados cabellos y las largas patillas enruladas guindando sobre las orejas.

Pero eso sí, a la hora de jugar fútbol, parecía un combate contra los amalequitas.

Abrémele era delantero. A la hora de definir una jugada de gol, lo hacía con una frialdad impresionante.

En medio de una gritería por el gol que Abraham acababa de anotar, aparecía una pandilla de la zona, dando vuelta la esquina. Un muchacho gordo, con el pelo casi rapado, lideraba el grupo. Detrás de él, venían otros siete jóvenes, con aspecto de haber pasado todo el día en la calle, o mejor dicho, toda la vida. Pantalones colgando por debajo de la cintura, franelas sin mangas, algunos tatuados, otros con cadenas.

El grupo de religiosos apenas levantó la mirada. Siguieron jugando como si nada hubiera pasado. La recién llegada banda decidió plantarse en el centro de la cancha improvisada.

— Así que les permiten divertirse también — dijo el líder.

No obtuvo respuesta. Joseph recogió la pelota y se dispuso a marcharse con los demás.

— ¿Tienen miedo?

Abraham lo miró con cara de "no seas estúpido" y se volteó nuevamente.

— ¿Qué pasa? ¿Qué puede tener de malo un inofensivo partido de fútbol contra paganos? ¿Acaso no da más placer derrotar al enemigo, si éste es un no creyente? ¿Demostrarnos que su Dios es más poderoso que el nuestro?

— No pensé que seguías a un Dios. Debe estar orgulloso de ti — respondió Abraham irónicamente.

— Oh, habla... ¡qué interesante! ¿Qué opinas, jugamos entonces?

— Ni hablar.

— Diez minutos — dijo el gordo arrodillándose, simulando un gesto de súplica.

— Muerte súbita. El primero que anote, gana — contestó firme Abraham.

— ¿Apostamos o es pecado?

— Será suficiente para mí verlos retirarse humillados por el mismo lugar por el que vinieron.

— Basta de charla, empecemos.

Joseph colocó la pelota en el medio. El líder de la pandilla sacó una moneda para sortear el inicio.

Empujándola con el pulgar, lanzó la moneda al aire, pero ésta fue interceptada por Abraham.

Con un movimiento del brazo, como cediendo el paso, Abraham le dijo:

— *Por favor.*

El gordo asintió y se ubicó en la portería. Cada uno fue ocupando su posición.

Empezó el partido.

Cuando el delantero enemigo se dirigía hacia el arco, Abraham, con una maniobra delicada, le quitó la pelota y empezó a correr en sentido contrario. De repente, sintió una patada por detrás que le barrió los pies y lo lanzó al piso. Abraham levantó la cabeza y vio que el arquero sonreía. Se paró de un salto y siguió jugando. En seguida notaron que no era el típico equipo con el que acostumbraban jugar. Estos poseían buen dominio técnico, pero lo más difícil de combatir, era la rudeza de su juego. Otro de los pandilleros recuperó la pelota que se encontraba sin dueño, y avanzó rápidamente. Esquivando a quien se le atravesara, bien sea por técnica o por fuerza, en cuestión de segundos se encontró solo frente a Ari, el portero de los "pingüinos". Ari salió a su encuentro, pero el atacante, con un movimiento impecable de piernas, consiguió pasarlo y encontrándose solo frente a la portería, disparó un obús que hizo temblar el poste superior. La pelota quedó sorteada en el medio de la cancha. Abraham se apresuró hasta conseguirla. Tenía el campo prácticamente despejado para avanzar. Se liberó de la primera marca con una gambeta y de la segunda utilizando un poco del nuevo estilo que acababa de aprender, haciéndose camino con el codo en el estómago del contrario. Una vez frente al arquero, se detuvo y levantó la cabeza.

El gordo sonreía cínicamente y les hizo una seña a sus compañeros ordenándoles que esperaran. Abraham lo miraba fijamente a los ojos y le hizo un ademán con las manos como queriendo decir "acércate". El portero sonreía. Abraham se alejó tres pasos repitiendo la seña. Los demás jugadores se comportaban como simples espectadores, aceptando este duelo personal.

El gordo no se movía. Abraham se retiró tres pasos más. El portero dudó, pero en vista de la gran distancia que los separaba, decidió lanzarse al ataque. Sin tiempo que perder, Abraham corrió con todas sus fuerzas alcanzando primero la pelota. Enganchándola entre los dos pies, logró levantarla por encima de la cabeza de un portero ya prácticamente vencido. Una vez que la pelota tocó el piso, Abraham la controló con su pie derecho y con un gesto casi burlón la empujó hacia el final de la red. El portero hizo un último esfuerzo desde el piso estirando el brazo, pero fue inútil.

Desde el balcón del segundo piso, el anciano profesor Goldberg gritaba llamándolos para comenzar la clase. Todos corrieron adentro, dejando en la cancha al equipo vencido.

— ¡Hey! — le gritó el gordo a Abraham, mostrándole una cadena con la estrella de David que Abraham había dejado caer en el momento de la zancadilla — Se te olvidaba esto.

Abraham se acercó y al extender la mano, el gordo retiró la suya.

En ese momento, entre dos, apresaron a Abraham por la espalda, impidiéndole el movimiento.

— Vamos, muéstrale lo que le pasa a los que se meten con nosotros — gritó uno de los que lo sujetaba.

— Sí, enséñale a respetarnos — dijo otro.

Abraham no separaba la mirada del gordo.

— Puedes quedártela — le dijo — A lo mejor te ayuda a encontrar la paz que necesitas.

— Esta pelea no es justa — dijo el gordo con los ojos llenos de rabia —

Suéltenlo.

Abraham se quedó inmóvil esperando una golpiza, de la cual seguramente iba a quedar mal parado, pero estaba listo.

El gordo extendió la mano y dijo:

— Realmente me engañaste con esa maniobra. Toma, te pertenece.

Abraham miró extrañado. Pero correspondió estrechándole la mano:

— Gracias, pero por favor, quédatela. Soy Abraham Rosenthal. Cuando quieran nos enfrentamos otra vez.

— Te tomo la palabra. Soy Max.

1:3 Martes por la mañana, Abraham caminaba por el campus con Max, profesor de filosofía y compañero de la infancia. Era una costumbre que habían adquirido en sus años de estudiantes y que conservaban ahora que eran compañeros de docencia.

— Escucha este último que me contaron: en un pueblo pequeño, una vez a la semana se juntaban a jugar póquer clandestinamente, el cura, el rabino, el pastor y el imam del pueblo.

En una de sus tantas reuniones, entra sorpresivamente la policía y al ver que se trata de los religiosos del pueblo les dice: "Señores, para no llevarlos presos ustedes tienen que jurar que no estaban jugando póquer". Dice el cura: "Juro por el Padre, el Hijo y el Espíritu Santo que no estaba jugando póquer". Por su parte el pastor dice: "Juro por Dios que no estaba jugando póquer". El imam también jura por Alá que no estaba jugando póquer.

Cuando le llega al turno al rabino, éste dice que no jura. Le pregunta entonces el policía: "¿Admite que estaba jugando póquer?". "¿Quién?" — responde el rabino — "¿Yo jugando al póquer? ¿Con quién? ¿Solo?"

— Es buenísimo, pero ya lo conocía — contestó Abraham y respondió a su vez con otro chiste. Como era costumbre, así continuaron por un rato.

— ¿Te veo después de la clase para almorzar?

— A la misma hora, en el mismo lugar.

Abraham y Max podían pasar horas contando chistes, hablando de filosofía o deportes. Llevaban compartiendo más de treinta años de dulces recuerdos... y otros no tan dulces.

1:4 — A ver, ¿quién sigue? — dijo Abraham luego de rondar silenciosamente alrededor de todos los trabajos expuestos en el pasillo del primer piso del edificio de Humanidades, asignación de la semana pasada sobre una representación de Dios.

— Yo puedo — dijo Rubén tímidamente, casi arrepintiéndose al decirlo.

El trabajo que presentó Rubén era muy interesante. Consistía en un cubo de cristal sin tapa que contenía dos grandes imanes en forma de semiesfera. Cada uno de los imanes tenía una cuerda amarrada al dorso y los otros extremos de las cuerdas iban sujetados a caras opuestas del cubo. Por la fuerza magnética ejercida entre las dos piezas, se encontraban flotando en el medio del espacio, formando una esfera completa solo separada por el espacio magnético.

— Creo que Dios está aquí — dijo Rubén, señalando el espacio entre las dos esferas con uno de esos señaladores láser — Todos sabemos qué es lo que mantiene estos imanes en tensión, o mejor dicho, pensamos que sabemos. Ahí está, ejerciendo una fuerza entre dos cuerpos que puede ser tan atrayente como repelente. Ahora... ¿realmente hay algo ahí? Evidentemente sí, pero... ¿Qué es? ¿Cómo opera? No tengo la respuesta. Lo que sí sé, es que si interfiero entre los dos elementos...

Rubén hizo una pausa e introdujo su mano por la única cara abierta del cubo, colocándola entre los magnetos, obligándolos a caer bruscamente al piso de la caja cristalina.

Regresó a su puesto mientras se escuchaban murmullos entre el público, y algunos aplausos.

— Muy interesante Rubén, te felicito. ¿Alguien quiere comentar algo? — Hubo una pausa, ningún voluntario — OK, ¿quién sigue?

Debbie dio un paso adelante del grupo de espectadores. Sin duda alguna, su trabajo era uno de los más preciosos. El profesor Rosenthal tenía mucha curiosidad por conocer su punto de vista sobre la existencia de Dios. Debbie venía de una de familia ortodoxa, nieta de un sacerdote muy reconocido en la comunidad luterana y con una madre extremadamente conservadora.

Su representación consistía en un enorme *collage* de fotografías, la mayoría en blanco y negro. Incluía una serie de fotografías fácilmente reconocibles: la explosión del *Challenger*, la caída del Muro de Berlín, un niño judío en el gueto de Varsovia acompañado de su abuelo, la catástrofe de las Torres Gemelas. Pero intercaladas entre las fotos más grandes, solapadas con las otras, había una serie de imágenes cotidianas de intensos colores: una rosa floreciendo, una india dando a luz en el río, una larva a punto de ser mariposa, un arco iris. Realmente era para verlo por horas.

— ¿Han visto a Dios últimamente? — empezó Debbie — En la Biblia leemos varias veces que Dios se aparece mostrando su grandeza. Se le apareció a Moisés en una zarza ardiente, guió a los judíos por el desierto, ordenó a Noé construir su arca. Se reveló a Jesús, a Mahoma, a Buda. En todas las religiones nos relatan revelaciones divinas, pero… ¿dónde está hoy? ¿Por qué no aparece? Acérquense y miren detalladamente, miren los ojos de este niño, el rojo de esta flor, el azul del cielo. Creo que Dios sigue posando para nosotros.

Después de un breve silencio, el profesor Rosenthal dijo:

— Hicieron excelentes trabajos, pero el tiempo es corto. Propongo dejarlos expuestos en el pasillo para que el resto de los estudiantes puedan apreciarlos también. A ver 1, 2, 3…— Abraham siguió contando mentalmente — …31 y 32. Falta uno. ¿Quién confiesa?

— Yo — dijo Jimmy, sin mostrar ningún tipo de remordimiento — Pero quiero aclarar que sí hice la asignación. Mi trabajo es ese de ahí — dijo, señalando lo que evidentemente era "nada" — Por lo visto, soy el único aquí que cree que nuestro "Amigo" no existe o, al menos, soy el único que se atreve a admitirlo.

—Interesante, tenemos un ateo entre nosotros. ¿En qué crees, Jimmy?

Jimmy se había inscrito en el curso, únicamente por la gratificante desproporción hombres-mujeres. Andaba normalmente sin afeitar, con la camisa por fuera, tratando de aparentar una rudeza que la mayoría de las veces era tan dura como el cristal.

— Creo en mí… y no siempre. ¿Y usted qué, profesor?

—Tengo como política no dar mis opiniones para no influir en el pensamiento de mis estudiantes.

—Me atrevería a jurar que no tiene una posición definida —dijo Jimmy, con tono de reto.

Abraham Rosenthal volteó a mirar el reloj que colgaba de la pared. Hacía cinco minutos que la clase había terminado, pero nadie se movía de sus asientos.

—Vamos a dejarlo para otra oportunidad, suficiente por hoy. Pueden irse a su casa.

Cuando Abraham estaba por cumplir dieciocho años, su mamá empezó a mostrar síntomas de un cáncer inclemente.

Eran las diez de la noche, el rabino Rosenthal rezaba en el frío pasillo de cuidados intensivos. Nada parecía poder quitarle la atención del libro de rezos. Su esposa estaba adentro, acostada en la cama conectada a la vida por unos pequeños tubos plásticos.

—Disculpe, enfermera, ¿puedo pasar a verla? —dijo Abrémele con cierta timidez.

—Si puede, pero está dormida —contestó.

Entró lentamente, y el corazón se le contrajo solo de verla. A veces parece increíble lo que es capaz de absorber ese pequeño órgano. Se sentó al lado de la cama, tomó sus manos frías entre el calor de las suyas y empezó a hablar sutilmente. Casi sin darse cuenta, dejó salir un llanto desconsolado. Suplicaba a Dios desde lo más profundo de su corazón.

— Sé que no he sido tu más ferviente seguidor, a veces pienso que estás ahí, pero muchas otras no entiendo cómo permites que pasen ciertas cosas. Tú mismo me haces dudar de tu existencia… Pero hoy te necesito, te necesito más que nunca. Saca a Mamá de ésta, Dios misericordioso y benevolente.

Recostó la cabeza en el regazo de su madre y sintió una melodía salir desde lo más adentro de sí, una música que nacía desde el cosquilleo nervioso que sentía en el estómago.

"Shemá Israel… Adonai Eloheinu… Adonai Ejad".

"Escucha Israel, el Señor nuestro Dios; es Uno".

Siguió cantando suavemente una y otra vez, hasta que cayó en un profundo sueño.

Cuando los rayos del sol comenzaban a calentarle la espalda a través de la ventana, sintió un ligero apretón en la mano. Fue como una descarga eléctrica que recorrió todo su cuerpo. Levantó la cabeza y vio cómo su madre entreabría los ojos y en el rostro se pintaba una delicada sonrisa.

Abraham sintió que se le aceleraban los latidos del corazón. Miró hacia arriba y dijo:

— Gracias — hizo una pausa y susurró — Perdón.

1:5 Sin importar por cuánto tiempo Abraham se había alejado de la religión, los años en la casa de su padre, el gran rabino Rosenthal y su educación religiosa hasta la adolescencia, bastaron para dejarle la cabeza abarrotada de recuerdos, pasajes bíblicos e historias. Muchas veces se le entremezclaban recuerdos de su infancia y sueños con historias de la Biblia. Por más que trataba de luchar contra los fantasmas del pasado, ellos siempre lo esperaban a la vuelta de la esquina. Los años universitarios no colaboraron, sino que más bien, introdujeron el repertorio imágenes del Nuevo Testamento, del Corán y de cualquier otro libro, sagrado o no, que pasara por su "escáner personal". Como solía decir su profesor de filosofía de primer año: "Somos nuestras memorias".

1:6 Viernes por la noche. Los Rosenthal se disponían a realizar las bendiciones de *Shabat* antes de la cena. No eran ortodoxos, pero seguían las tradiciones.

— Nana, ¿necesitas ayuda con la cena? — preguntó Abraham.

— Ya casi está lista, no se preocupe.

Abraham irrumpió en el garaje donde David practicaba con su guitarra eléctrica. Saludó pero no obtuvo respuesta. Intentó una vez más con el mismo resultado. Recurrió al recurso visual, y parándose frente a él, simuló hablar pero sin emitir sonido alguno. David detuvo el rasgueo de las cuerdas y se saludaron.

— Vamos a cenar — dijo Abraham.

— Voy en un segundo.

— David, ¿arreglaste tu cuarto?

David respondió con una sonrisa irónica que decía "perdón".

— ¿Cuántas veces te tengo que pedir que tiendas tu cama en la mañana? ¿Cuándo será el día en que ordenes tu cuarto sin que tenga que pedírtelo?

La Nana, después de la temprana muerte de Raquel, la esposa de Abraham, prácticamente crió a los niños. La hermana de Abraham, Lea, se la recomendó para que lo ayudara temporalmente con la casa. Rápidamente lo temporal fue reemplazado por lo permanente.

David y Dana la amaban con locura, para ellos había sido como vivir con una abuela en la casa.

Se sentaron alrededor de la mesa, las velas ya estaban prendidas. Cuando Abraham levantaba la copa de vino para decir el *kidush*, sonó el timbre. Goliat ladró y corrió hacia la puerta.

Aconteció en los días que gobernaban los jueces, que hubo hambre en la tierra. Y un varón de Belén de Judá fue a morar en los campos de Moab; él y su mujer, y dos hijos suyos.

El nombre de aquel varón era Elimelec, y el de su mujer, Noemí; y los nombres de sus hijos eran Mahlón y Quelión, efrateos de Belén de Judá. Llegaron, pues, a los campos de Moab, y se quedaron allí.

Y murió Elimelec, marido de Noemí, y quedó ella con sus dos hijos, los cuales tomaron para sí mujeres moabitas; el nombre de una era Orfa, y el nombre de la otra, Rut; y habitaron allí unos diez años.

Y murieron también los dos, Mahlón y Quelión, quedando así la mujer desamparada de sus dos hijos y de su marido.

Entonces se levantó con sus nueras, y regresó de los campos de Moab; porque oyó en el campo de Moab que Jehová había visitado a su pueblo para darles pan.

Salió, pues, del lugar donde había estado, y con ella sus dos nueras, y comenzaron a caminar para volverse a la tierra de Judá.

— ¿Debbie? — dijo asombrado.

— Profesor, disculpe que lo moleste un viernes por la noche, pero es que estoy teniendo problemas con la última asignación.

— Llegas justo a tiempo, empezábamos a cenar. ¿Aceptarías una invitación? — dijo Abraham señalando el comedor.

— No, de ninguna manera, no quiero molestar y, además, me esperan en la casa.

— Si no hay cena, no hay consulta.

— Bueno…si no me queda otra. Pero por favor, déjeme llamar primero antes que mi mamá llame a la policía.

Se acercaron a la mesa. Cualquiera hubiera podido escuchar los latidos del corazón de los dos adolescentes en el momento en que sus miradas se encontraron. David quedó como hipnotizado.

— Debbie — dijo Abraham después del incómodo silencio — estos son mis hijos, Dana y David.

Y Noemí dijo a sus dos nueras: Andad, volveos cada una a la casa de su madre; Jehová haga con vosotras misericordia, como la habéis hecho con los muertos y conmigo.

— Hola — dijo Debbie, mientras sus mejillas retomaban su color original e inclinándose hacia la niña dijo — ¡Eres una belleza!

— Gracias — dijo David — ¿y qué opinas de mi hermanita?

Debbie se volteó hacia David con una mueca que expresaba "muy gracioso". Volviéndose a la niña, preguntó:

— ¿Cuántos años tienes?

Dana hizo un cinco con los dedos.

Todos tomaron asiento y la cena siguió su curso natural. Viendo a David tratando de cazar a esta hermosa presa, Abraham no podía dejar de recordar que no hacía mucho que David era el niño que dibujó con marcador cien personas alrededor de las paredes de su cuarto para dedicarles un concierto de rock, y cantarles "Let it be" usando un cepillo como micrófono.

— ¿Revisamos tu asignación? — preguntó el profesor Rosenthal.

Esa noche fue la primera de muchas en que Debbie y David se encontraron. Viéndolos juntos, parecía que habían compartido toda la vida.

Mientras veían el partido de béisbol en la televisión, Debbie aprovechó para despedirse.

— Me recuerda a tu madre: tan inocente, tan pura — le dijo Abraham a David con la mirada perdida en el juego.

— Gracias por acompañarme — le dijo Abraham a Raquel.

— ¿Tenía opción, acaso?

— Sabes lo importante que es este juego para mí. Mark McGwire puede romper el récord de jonrones de Roger Maris, sesenta y un jonrones en una temporada... es increíble ¿Sabes qué significa eso para los Cardenales?

— En realidad, no. Pero sé lo que significa para ti y eso es suficiente — respondió Raquel y lo besó en los labios — ¿Para qué los guantes?

— Por si viene la pelota hacia nosotros.

En la primera entrada, Mark McGwire fue controlado por el lanzador, frustrando el sueño de los aficionados, por lo menos temporalmente.

Inning tras inning, Abraham le explicaba a Raquel en qué consistía el juego.

Cuarto inning, Mark McGwire al bate. El lanzador, el zurdo Steve Trascher de los Cachorros de Chicago.

— ¡Vamos, Mark! — gritaba Abraham.

— ¡Vamos, Mark! — gritaba Raquel, agarrándose las manos como pidiendo a Dios y a la vez burlándose de Abraham.

El pitcher se dispone a lanzar. El lanzamiento, que pasa rozando la nariz de Mark, lo obliga a tirarse al piso. Tres bolas, dos strikes.

El público abuchea al lanzador.

— ¡Buuu, buuu! — gritaba Raquel, mientras simulaba acomodarse

vulgarmente unos testículos inexistentes — ¿Qué pasó?

— Casi le pega ¿No lo viste?

Otro lanzamiento, Mark McGwire abanica un swing completo, el sonido del bate contra la pelota retumba por todo el estadio. Foul.

Mark está a un jonrón de batir el récord de jonrones en una sola temporada.

Otro lanzamiento, swing nuevamente. ¡PUM!! La pelota vuela hacia al fondo del jardín izquierdo, va ganando altura, parece que lo va a lograr, efectivamente... JOOONROOON!!!

La pelota empieza a descender.

— ¡Oh, my God! — dice Raquel — ¡Viene hacia nosotros!

Abraham, tratando de hacer un esfuerzo sobrehumano por agarrarla, se tropezó con el asiento y cayó hacia atrás.

En el último segundo, evitándole una casi segura fractura de cráneo, Raquel introdujo el guante y atrapó la pelota sin entender muy bien cómo lo hizo.

El público gritaba eufórico de emoción. Abraham, saltaba abrazando a Raquel, en una imagen que en este momento era vista por miles de personas en la pantalla gigante del estadio y remotamente por el público televidente.

— Mira, somos nosotros — exclamó Abraham.

Raquel saludó a la pantalla, agarró la pelota de adentro del guante y la mostró a las cámaras.

Luego de recibir el aplauso del público, lanzó la pelota al campo de juego.

— ¿Qué haces? ¿Te volviste loca?

— ¿Por qué? ¿Cómo van a seguir jugando sin la pelota?

— Acabas de botar a la basura por lo menos un millón de dólares. Esa pelota acaba de hacer historia.

El rostro de frustración de Abraham quedó congelado en la gran pantalla electrónica.

1:7 Al día siguiente, cuando el profesor Rosenthal entró al salón, recorrió el aula con su mirada y notó que Debbie no pudo evitar sonrojarse.

— OK, empecemos. ¿Cuántos judíos hay en el auditorio?

Algunos levantaron la mano, otros se miraban extrañados.

— Vamos, ni que yo fuera Torquemada. Levanten la mano todos los judíos. A ver, 1, 2, 3, — siguió contando en silencio a medida que los iba señalando — 6, 7 y 8. ¿Cristianos?

Hizo la misma operación, 28 simpatizantes. Musulmanes, 12. Budistas, 2. Confucionistas, 1. No creyentes, 1. Otras religiones, 3.

— Bueno, tenemos representantes de las principales religiones occidentales y algunas orientales. ¿Cómo funciona este fenómeno de las religiones? Vamos a comenzar por el principio. ¿Qué significa la palabra "religión"? Definición de diccionario: "Conjunto de creencias o dogmas acerca de la divinidad, de sentimientos de veneración y temor hacia ella, de normas morales para la conducta individual y social y de prácticas rituales, principalmente la oración y el sacrificio para darle culto".

— Suena interesante — continuó — Pero hay una parte de la definición que me llama la atención especialmente: "temor hacia ella". ¿Por qué temer a Dios? ¿Por qué temer a un Dios misericordioso? ¿Es temor lo que debemos sentir por Dios, como quiera que se llame; o es amor? En definitiva, la religión es un sistema legislativo, y como tal, debe constar de incentivos que promuevan el cumplimiento de las leyes: como la disciplina, el castigo, o la motivación. Tenemos ahí arriba un Dios a cargo del cumplimiento de las leyes, un Dios benevolente y misericordioso; pero no se te ocurra voltearte al camino del mal, porque te garantiza un viaje directo, "non-stop", a las calderas del infierno, pero... Él te ama. ¡Qué ironía! Tristemente, muchos de los líderes "religiosos" — enfatizó Abraham haciendo la seña de las comillas flexionando los dedos de ambas manos— a lo largo de la historia, han manipulado las interpretaciones bíblicas, del Corán o de cualquier otro libro sagrado, aprovechándose de la ignorancia popular y del temor a la imagen divina, para satisfacer intereses personales o políticos. Como ejemplos, —continuaba— la Inquisición, forzando a la conversión a todo no-cristiano que se atraviese, y torturando hasta la muerte al que se opusiera; o el atentado a las Torres Gemelas de Nueva York, y el Holocausto. Y podría mencionar mil ejemplos más de atrocidades que utilizaron la bandera de la religión. ¿No se dan cuenta? La religión se ha convertido en algo completamente ridículo, politizado, guerrerista, falso. Hasta su iconografía y estructuras básicas están supeditadas a sus innobles orígenes y propósitos, la estrella de David, por ejemplo, símbolo del judaísmo, surgió de la imagen que el rey David seleccionara para el escudo de su ejército, mientras que otros ejércitos usaban un león, un águila o cualquier otro símbolo, y sus soldados debían estar pendientes de cómo sostener el escudo para que estuviera siempre al derecho, los israelíes exhibían esta estrella de seis puntas que se mantenía al derecho sin importar casi cómo la agarraran. La cruz del cristianismo, por otra parte, era en realidad, una herramienta de tortura utilizada por el Imperio romano para, valga la redundancia, la crucifixión. Islam, por su lado, significa sumisión a Dios. Pero inclusive, o más bien debería decir sobre todo, esta idea no es potestad exclusiva de una sola religión. En cualquier templo que entren, de cualquier religión, notarán que está construido a una escala monumental, para que el ser humano se sienta un ser inferior, una mínima parte del universo. Esto es hecho con el único objetivo de atemorizar, de disminuir, obviando por completo que fue construido con dinero de los mismos feligreses que pretende empequeñecer. Las religiones están plagadas de símbolos de guerra, de represión, de temor. Pero, probablemente, de repetir esto ustedes fuera del salón de clase, serían catalogados de locos y yo quemado por hereje.

Hizo una pausa, mientras los alumnos reían sin quitarle la vista de encima a Abraham.

— Por favor, no me malinterpreten. Solo trato de abrirles los ojos, de estimularles su "glándula" de cuestionamiento. Lo último que quisiera es que abandonasen sus creencias y tradiciones. ¿Pero por qué un templo no puede ser un ambiente relajante, donde fluya una corriente de agua, con una luz tenue que bañe las paredes, donde el hombre se encuentre cara a cara con su Creador? El Corán, la Biblia… el mensaje es muy similar. Solo quiero que vayan a las raíces, a la esencia. Siempre que hablo de religión, me viene a la mente un caso muy típico y simple, pero que refleja mucho el efecto del que estamos hablando. Me ha pasado, que después de estar entablando una conversación inteligente, adulta y agradable con una persona que, evidentemente, está a gusto conmigo, a la hora de presentarme como Abraham Rosenthal, me contesta: "Ah, ¿eres judío? No pareces… ¿No parezco? ¿Por qué? ¿Acaso me faltan cuernos y cola? ¿Qué debe tener alguien para parecer judío, cristiano, budista o musulmán?" El holocausto, la inquisición, tanta guerra, tanta confusión en el mundo… tantas bocas calladas, tantos ojos que se voltearon, tantos corazones consumidos en llamas. Todos sacrificios para un Dios "omnipresente". Omnipresente… bonita palabra, podrías haber sido actor, no público — dijo, mirando hacia arriba — Mark Twain dijo: "Hay veces en que deseo sinceramente que Noé y su comitiva hubiesen perdido el barco". Lo siento, probablemente los estoy abrumando o confundiendo más de lo que estaban antes de entrar al aula. Es suficiente por hoy. Pueden irse.

Nadie se despegó de su asiento.

— Vamos, váyanse. No quiero que me vean cuando me atraviese un rayo del cielo por blasfemar.

Abraham Rosenthal se asomó por la ventana y observó el jardín. Le pareció ver a un niño como de cinco años, con sus patillas largas, con pantalón negro y camisa blanca, con su *kipá* negra abrochada al pelo, acompañado de quien parecía ser su padre.

Era sábado al mediodía. Abrémele caminaba por Central Park junto a su padre, el gran rabino Rosenthal, de regreso de la sinagoga. Salían del servicio matutino y se dirigían a la casa a almorzar. Más tarde regresarían al servicio vespertino y despedirían el día del descanso.

En un desolado callejón, les salió al paso una pandilla mostrando imágenes de Hitler en sus franelas y suásticas tatuadas en los brazos.

— ¡Qué suerte la nuestra! Un cuervito con su papá — dijo el líder, con aires de superioridad.

Debían ser cuatro o cinco. Se notaba que escondían palos y cadenas, pero a pesar de eso, el rabino no se atemorizó y trató de continuar su camino.

— Un momento, rabinito, no tan rápido. ¿A dónde van?

— Por favor, déjennos continuar.

El jefe de la banda se mantenía inmóvil frente al rabino.

— *No les hemos hecho nada. ¿No le parece que ya han hecho suficiente daño?*

— *Por lo visto, no. Si hubiéramos hecho suficiente, no estarías caminando tan tranquilamente como si fueras un ser humano normal. Si hubiéramos hecho suficiente, no serías más que jabón. Arrodíllate ante la autoridad, judío.*

El rabino hizo caso omiso.

El más fornido del grupo asomó un palo por detrás de su espalda y lo abanicó con todas sus fuerzas hacia la parte trasera de las piernas del rabino, a la altura de las rodillas, obligándolo a arrodillarse.

Para ese momento Abrémele, gracias a un empujón del padre, se encontraba temblando, pero observándolo todo, a unos metros de distancia, desde detrás de los basureros.

— *Cuando doy una orden, me gusta que se cumpla* — *dijo el líder de la banda, luego de escupirle en la cara.*

Abrémele salió corriendo en busca de ayuda.

El rabino Rosenthal rezaba en un murmullo casi imperceptible. El resto de la banda bailaba alrededor del rabino, burlándose y escupiéndole.

— *OK, basta de juegos. Este judío merece un castigo.*

En ese momento, Abraham llegó corriendo con un policía. Logró impedir un asesinato pero sin embargo, no pudo evitar contemplar, desde la impotencia de su corta edad, cómo su padre recibía una sangrienta paliza.

1:8 Según la costumbre, el domingo alrededor de las tres de la tarde, Abraham iba a acompañar a su hermana Lea al orfanato para entretener por un rato a los niños. Durante los últimos años de vida del rabino

Rosenthal, debido a su delicada condición de salud, Lea estuvo dedicada a su cuidado.

Después de la muerte de su padre, se encontró por un lado, que la acongojaba la pérdida de su ser querido, pero por otro, de alguna forma, sentía haberse liberado de una vida esclavizante. Con este sentimiento ambivalente, sumado a un persistente deseo de servir y al instinto de criar al niño que nunca tuvo, Lea se entregó a la creación de un orfanato.

Luego de reunirse con las autoridades para obtener todos los permisos, buscó ayuda en los dirigentes de su comunidad, y logró contagiar de entusiasmo a un grupo de madres voluntarias. Juntas consiguieron, por medio de una donación, una vieja hacienda abandonada a las afuera de la ciudad.

Pidiendo ayuda por uno y otro lado, después de un fuerte año de trabajo, el Orfanato Milagro estaba listo para recibir a los primeros niños. Contaba como empleados, únicamente con una enfermera y una persona encargada de la limpieza. El orfanato, que comenzó con tres niños el primer año, al poco tiempo vio incrementar ese número a veintisiete.

Así fue como, a solo dos años de haber concebido la idea, el orfanato era ya no solo una realidad, sino un milagro manifiesto y visitable. De forma que, tras dos horas de manejo, Abraham y Lea, salieron de la autopista para seguidamente complementar con media hora en una carretera secundaria. Doblaron a la derecha por un camino de tierra escondido entre los árboles. Tras atravesar por el pequeño pueblo donde habitaban los únicos residentes del área, yacían la escasa pero suficiente tiendita y la obligatoria iglesia abandonada, por fin llegaron al portón de madera que protegía la Hacienda Milagro.

Los niños, como siempre que Abraham los visitaba, lo recibieron con risas y lo despidieron con lágrimas.

1:9 Un día en el colegio, a la hora del almuerzo, Abraham se encontraba en una de las mesas de la cafetería, cuando Debbie se le acercó y le ofreció compañía. Luego de un rato de conversaciones triviales, Abraham le preguntó:

— No quiero ser un padre entrometido, pero ¿cómo andan las cosas con David?

— Es una experiencia interesante, es como si estuviera saliendo con el profesor Rosenthal escondido en el cuerpo de un niño. ¿Sabe algo? No para de hablar de su madre. ¿Cómo era ella?

Abraham Rosenthal se quedó callado por un instante, levantó la mirada como el que intenta recordar. Casi inmediatamente, todos los músculos de su rostro parecieron haberse relajado. Comenzó:

— Raquel era la mujer perfecta para el resto de mis días… y de mis noches también —suspiró y siguió— Inteligente y bella, siempre conseguía una razón para robarme una sonrisa. Ella era también profesora, así fue como nos conocimos. Enseñaba literatura. Dábamos clases en el mismo piso, y siempre nos cruzábamos en el pasillo correspondiéndonos con el típico saludo de protocolo: una sonrisa y el asentir de las cabezas. Me recuerdo cuando me tocó darle clases a una de sus sobrinas, Jennifer Cohen, una muchachita brillante y hermosa como la tía. Los Cohen eran una familia judía sefaradí conservadora, y bastó con una cena familiar, donde Jenny comentó que su profesor de filosofía le había dicho que Dios no existía, para que al día siguiente viniera Raquel, irrumpiera en mi salón de clases hecha una furia y me gritara sobre las locuras que estaba inculcando a sus alumnos. A medida que ella seguía su discurso, los alumnos comenzaban a sonreír, lo cual a ella le daba más rabia todavía, pensando que yo tenía a todos los alumnos hipnotizados, hasta que no aguantó más y preguntó: "¿De qué se ríen?"

Me acerqué muy calmado y le expliqué sonriendo que en la clase anterior habíamos decidido hacer un experimento, porque un alumno decía que no podía ser que en pleno siglo XX todavía hubiera gente que no respetara las ideas religiosas y filosóficas de los demás. Entonces acordamos que cada uno iba a regresar a su casa y, en medio de la cena, expresar dudas sobre la existencia de Dios y observaría la reacción de los demás comensales. Así que no me queda otra que notificarle, con todo el respeto que usted merece, que en este momento su reacción está siendo analizada por toda la clase; como si un grupo de científicos observara a un ratón buscando la salida de un laberinto.

Terminada mi explicación, el salón explotó en carcajadas. A medida que Raquel iba entendiendo lo que pasaba, el ceño fruncido con el que entró al salón se convirtió en una sonrisa, y por último, se unió a la risa generalizada del resto del grupo. Después de este evento, dimos por terminada la clase y le prometimos mantener los resultados del "experimento" con absoluta confidencialidad. Seguidamente, Raquel y yo salimos a caminar por el campus, y empezamos a…

Debbie, aunque fascinada por todo lo que había oído, lo interrumpió.

—Me encanta su historia, pero estoy apuradísima, ¿seguimos otro día? —le dijo apresuradamente y se fue.

Abraham se quedó viéndola a medida que ella se alejaba corriendo, una imagen que se fundió con la de su esposa Raquel, alejándose llorando.

—Papá, mira lo que hiciste, ¡la hiciste llorar!

Al finalizar la cena en honor a su graduación de Doctor en Filosofía, Abraham había decidido informar a sus padres que iba a casarse con

Raquel el verano siguiente.

El rabino Rosenthal se paró de la silla de un salto y, dando un golpe en la mesa, exclamó:

— De ninguna manera.

— Moisés, por favor. Escúchalo — trató de interceder la madre.

— Ya dije que no y punto. No está en discusión — dijo el rabino, callándola con la mirada. No te casarás con esta…

— No sé qué dio pie a la confusión — interrumpió Abraham, atrayendo la atención de su padre — No sé qué te dio a entender que estaba pidiendo permiso. Solo estaba invitándolos.

— ¡Imposible! No puedo aceptar este matrimonio. Sabes muy bien que debes casarte con la hija del rabino Tenenbaum ¡Ya está acordado! ¿Qué va a decir la gente?

— Por mi parte, sabes muy bien adónde se pueden ir todos tus amigos con complejo de dioses del Olimpo. Quiero recordarte papá, que así como estudié medicina y filosofía en contra de tu consentimiento, pienso casarme con Raquel con o sin tu aprobación. No empecemos con esta discusión absurda y obsoleta de "shtetl".

La boda se llevó a cabo el siguiente verano. El rabino Rosenthal no asistió.

1:10 Esa tarde, cuando Abraham llegó a la casa, encontró a Dana llorando sobre un Goliat rendido, con las dos patas delanteras sobre su hocico.

— ¿Qué pasa, Dana? ¿Por qué lloras?

— Es Goliat, no quiere jugar.

— A ver Goliat, ¿qué pasa? Ven para acá — dijo Abraham,

arrodillándose junto al perro y dándose unas palmaditas en la pierna como invitándolo a acercarse.

Goliat hizo un esfuerzo por levantarse, y se le acercó mirándolo con ojos tristes mientras gemía de dolor. Abraham lo acarició un rato mientras lo revisaba para tratar de adivinar qué le pasaba.

— Mañana, muy temprano, lo llevamos al veterinario — anunció. Ahora dejémoslo descansar.

— ¿Puede dormir hoy conmigo?

— Está bien, pero solo por hoy. Ahora, a bañarse y a acostarse.

Mientras Dana se bañaba, Abraham en su estudio, preparaba la clase del día siguiente.

— Papi, ¿me apagas la luz? — gritó Dana desde su cuarto.

— Ya voy.

Abraham subió las escaleras, se acercó a Dana y la besó en la frente.

— Cuéntame un cuento — pidió Dana con un tono imposible de rechazar, mientras Abraham se disponía a salir del cuarto.

— ¿Qué quieres que te lea?

— No, no quiero leer. Cuéntame sobre mamá. Cuéntame otra vez la historia de cuando nací.

— ¿Otra vez?

— ¡Sí! Me encanta.

— Está bien, está bien. Pero acuéstate y cierra los ojos — Abraham suspiró profundamente y comenzó — Todo empezó cuando estabas en la barriga de mami. Al principio todo iba bien, salíamos a pasear, jugábamos, íbamos al parque... pero de pronto, mamá se empezó a sentir mal, muy mal. Nadie sabía lo que le pasaba. Fuimos a muchos doctores y ninguno supo decirnos lo que tenía, hasta que una vez, mientras mami dormía, vino un ángel y le habló.

— ¿Qué es un ángel? — preguntó Dana, como siempre lo hacía en este punto del cuento.

— Es un enviado de Dios, un mensajero.

— ¿Y qué le dijo el ángel?

— Ya te voy a contar, pero primero, los ojitos cerrados — dijo Abraham mientras le bajaba los párpados suavemente con los dedos — El ángel se le acercó a mamá, se quedó un rato con ella mientras la acariciaba. Antes de irse, se le acercó al oído y le susurró.

— ¿Qué le dijo? — preguntó, haciendo un esfuerzo por mantener los ojos cerrados.

— Le dijo que ella era la persona más bella del mundo, y que la niña que llevaba en la barriga era tan bella como ella.

— ¿Y qué más le dijo? — interrogaba ansiosa.

— Le dijo que la necesitaba y que la tenía que acompañar.

— ¿Y qué hizo mami? ¿Qué dijo?

— Mami le preguntó qué podía hacer, que tenía esta niña en la barriga. Y el ángel le dijo que podía dejar a la niña antes de irse con él. Y así fue, el día que tú naciste, mamá te dio un abrazo fuerte y se fue con el ángel.

— ¿Lo hizo por mí? — preguntó Dana, mientras se le escapaba una lágrima.

— Sí, preciosa, lo hizo por ti — Abraham se despidió, besándola nuevamente en la frente, mientras se secaban, el uno al otro, las lágrimas de las mejillas.

— Buenas noches, hija.

— Buenas noches, papi.

1:11 — "Cogito ergo sum" — comenzó Abraham dirigiéndose al auditorio — ¿Quién ha escuchado esta frase?

Luego de un breve silencio, Abraham señaló a una de las manos que se habían levantado.

— Carlos.

— "Pienso, luego existo".

— Muy bien, a ver otro. ¿Quién la dijo? — buscando con la mirada, apuntó hacia la última fila — Por ahí atrás, Karen.

— No sé.

— No importa, no te preocupes, solo estamos hablando de la frase más famosa en la historia de la filosofía — dijo irónicamente — A ver tú, Rick.

Se escucharon risas sutiles mientras Karen se sentaba ruborizada, tratando de esconderse detrás de su pupitre.

— René Descartes.

— Bueno, ahora vamos a profundizar un poco. ¿Qué quiso decir Descartes con esta frase?

Las manos comenzaron a bajar.

— Me lo imaginaba. ¿De qué nos sirve aprender un sinnúmero de frases, si no sabemos lo que significan? Supongo que me toca a mí explicarlo — se sentó al frente del escritorio y continuó — "Cogito ergo sum" es "Pienso, luego existo" en latín, como bien dijo Carlos. Frase enunciada por uno de los más grandes filósofos de todos los tiempos: René Descartes.

"Descartes se debatía entre las preguntas: "¿Es posible realmente saber algo?" y "¿Qué podemos saber nosotros?". Suenan banales y obvias, pero ¿lo son realmente? Nosotros afirmamos que existimos y que el mundo externo existe, pero ¿qué prueba tenemos de que realmente así sea? Descartes era un gran escéptico, por lo que para todo requería de pruebas. Para exponer su posición, Descartes usaba principalmente dos teorías, el argumento del sueño y el del genio malvado. El argumento del sueño explica que muchas veces, mientras dormimos y soñamos, no podemos discernir claramente entre la realidad y la fantasía. ¿Cuántas veces nos ha pasado que pensamos estar viviendo un momento real cuando realmente estábamos soñando? Así que, realmente, nadie puede decir si está soñando o no. Entonces, lo que pensamos que estamos percibiendo, a lo mejor simplemente lo soñamos.

Llegado a este punto, decidió pararse y comenzó a caminar entre los estudiantes. Continuó:

— El segundo argumento, muy adelantado para su época, podría ser tema de una película de Stephen King. ¿Cómo estar seguros de que no fuimos sujetos de un genio malvado que implantó la idea de realidad en nuestras mentes? Descartes plantea que no hay forma de tener pruebas que refuten este argumento; que todo lo que nosotros decimos saber, puede ser dudado, excepto dos cosas: que podemos pensar y que existimos. Si estamos dudando, es que estamos pensando. Incluso si dudamos que estamos dudando, estamos pensando. Por ende, su primera conclusión es que puede pensar. Esto lo lleva a la segunda conclusión: existe. Si puede pensar, debe existir. Descartes no puede garantizar si duerme o si está siendo engañado por un genio malvado, pero está seguro que existe porque está pensando.

En conclusión: Pienso, luego existo. Fascinante, ¿no les parece?

La mayoría de los estudiantes tenían una expresión tal como si los acabara de atropellar un tren. Algunos empezaron a salir del salón de clases con la misma cara de "recién cacheteados" con la que normalmente salían. Y como siempre, varios se le acercaron al profesor para comentar sobre la clase o sobre algún asunto pendiente.

Cuando finalmente se encontró solo, Abraham recordó al abuelo.

El rabino Saúl Rosenthal, abuelo de Abrémele, sufrió, como el resto de la judería europea, los años de tortura bajo el demonio nazi. Toda la familia fue deportada a Treblinka.

Saúl Rosenthal, junto a sus hermanos y a su padre, hacían fila frente al tren de la muerte. Tammy Logovsky lloraba por el osito de peluche que se le había caído minutos atrás. El padre de Saúl regresó, haciéndose paso entre la fila que avanzaba en contra suya para rescatarle a la niña su único nexo con el pasado. Fue detenido por un tiro en la frente. Años después, los hermanos que sobrevivieron, coincidieron que fue mejor así.

— ¿Cómo pudiste aguantar? — preguntó Abrémele, después que el abuelo terminó el relato que él no se cansaba de escuchar año tras año.

— Mi cuerpo estaba en Treblinka, pero mi mente estaba en los Alpes suizos — respondía siempre el abuelo.

— Pero... viendo morir a tanta gente inocente delante de ti, a tus amigos, a tu familia, a tus seres queridos, ¿cómo lograbas apartar tus pensamientos de ahí?

— Filosofía pura, Abrémele, filosofía pura. Efraím Goldberger, mi compañero de cama... sí, yo sé que suena raro, pero era mejor que dormir en el piso helado. Él era un reconocido profesor universitario de filosofía antes que la maquinaria nazi lo convirtiera en un número tatuado en el brazo. Él me enseñó a vivir en el mundo de los sueños, de la imaginación. Me enseñó a cuestionar la realidad, a dudar de ella y a negarla si fuera necesario. La fantasía era tan real, o irreal, como la pesadilla que vivíamos. Aprendí, pese a todo mi pasado rabínico, a amar a Descartes, a Sócrates, a Platón y muchos otros. De cada uno saqué algo para construir

mi propia realidad, pero fue principalmente una frase la que me mantuvo vivo: "Pienso, luego existo". Sabía que el día que dejara de pensar, el día que dejara de imaginar, mi mundo se derrumbaría, dejaría de existir. Sé que éste no era el significado que le quiso dar Descartes, pero a mí me sirvió. "Pienso, luego existo".

1:12 Una noche, cuando ya casi acababa el primer semestre del año, Lea decidió pasar a visitar a su hermano.

— Abrémele, — así lo llamaba cuando lo regañaba o lo aconsejaba — tienes que cuidarte, los padres están hablando, y algunos maestros también.

— ¿De qué hablas? — preguntó, tratando de aparentar confusión.

— Tú sabes. Tus clases, siempre traen polémicas. Dedícate a enseñar lo que dice el programa.

— Es imposible, es más fuerte que yo. No entra en mi cabeza que estos jóvenes sigan encerrados en patrones tan obsoletos y cuadrados. Hay que enseñarles a pensar, a crear sus propios conceptos.

— Un día de estos van a terminar botándote — comentó Lea, preocupada.

— ¿Comemos? — contestó Abraham, haciendo caso omiso al comentario.

Lea sabía que la conversación no llegaría a ningún lado, por lo que lo acompañó al comedor. Abraham llamó a los niños para que bajaran a comer.

— Entonces David, escuché que por fin alguien te atrapó. ¿Qué hay de cierto en eso? — preguntó la tía Lea.

— No es nada serio — contestó Abraham.

— Pues sí lo es — contestó David, frunciendo el ceño — llevamos casi seis meses juntos, y es la primera vez que puedo decir que estoy enamorado.

— ¿Enamorado? ¿Y qué hay de Brenda?

— No, tía, eso es historia. Hace tiempo que no sé nada de ella. Además, nunca fue una relación muy seria. Tú sabes que ella era muy resbaladiza.

— Resbaladiza... nunca voy a terminar de entender los términos que usan los jóvenes.

— Que es de las que se resbala con cualquiera— le explicó Abraham.

— Como que si eso ahora te importara — contestó Lea irónicamente, volviendo la mirada nuevamente hacia David.

David se sonrojó, y entre una sonrisa a medio camino, le contestó:

— No cambies el tema. El punto es que eso es historia, ya está en el pasado.

— ¡Quién lo hubiera creído! Y… ¿cómo se llama la afortunada?

— Debbie…Debbie Johnson.

— ¿Johnson? No me suena.

— ¿Cómo no te va a sonar? Es la nieta del sacerdote Johnson... ¿Viste qué pequeño es el mundo? — dijo Abraham, irónicamente.

Después de una larga pausa, Lea preguntó:

— Entonces, ¿cuándo la conocemos?

— Lo que me faltaba — interrumpió Abraham — Se me olvidaba que para ti, todo lo que hace tu sobrino está bien. ¿Por qué no los invitamos a hacer *Shabat*, o mejor aun, vamos a misa con ellos este Domingo?

David atravesó a su papá con la mirada, mientras se paraba bruscamente del asiento.

— No tengo hambre — dijo retirándose — Tía, avísame la próxima vez que vengas, Debbie estará encantada de conocerte.

Cuando Abraham y Lea quedaron solos en el comedor, Lea le comentó:

— Supongo que harás el mismo grave error que Papá, te rasgarás la ropa y no irás a su boda.

— Es apenas un romance adolescente — contestó Abraham.

— Si es solo eso, ¿qué te preocupa tanto?

— No lo sé, en realidad, sé que estoy actuando en contra de mis principios. Lo peor es que hacen muy buena pareja. El sacerdote Johnson… me pregunto si se acordará de mí...

— Vengo a confesarme.

— Dime, hijo mío — respondió el sacerdote Johnson desde su confesionario.

Abraham, entonces empujado por su rebeldía adolescente y su personalidad cuestionadora, continuó:

— Me he dejado llevar por la tentación de la carne.

— ¿Con quién?— fue la primera pregunta que le vino a la mente.

— Con nadie, Cura. He comido carne. No se apresure en sacar conclusiones.

— Pero hijo, es Semana Santa, sabes que no debes comer carnes rojas. Representan el cuerpo de Cristo crucificado.

— Hay más, Padre. He tomado al menos cuatro copas de vino.

— ¿Algo más?

— Tuve pensamientos impuros.

— Es obvio, un pecado lleva al otro. ¿Qué te hizo llegar a eso? ¿En qué pensabas?

— Pensaba que Semana Santa se celebra en recuerdo de la Última Cena

de Jesús, que, según me enseñaron en clase de religión, no fue más que un Séder de Pésaj, donde Jesús probablemente tomó vino y comió cordero. Entonces me dije, ¿por qué no yo?

—¿En qué clase de religión te enseñaron eso? ¿Fue aquí? ¿En esta iglesia?

— No, fue en la clase del rabino Weissman.

— ¿Del rabino Weissman?

El sacerdote Johnson enfocó la mirada a través de la ventanilla que, misteriosamente, le da libertad al pecador para librarse de sus penas, y observó a un joven estudiante de Yeshivá, ocultando su rostro.

— ¿Pero, qué haces aquí?

— Disculpe Sacerdote, pero no creo que al rabino Weissman le interese que celebré un Séder de Pésaj. Además, quería saber qué se sentía al estar sentado en un confesionario. Es un concepto interesante… deberían patentarlo. Aunque creo que funcionaría mejor si...

— Eres osado, muchachito. ¿Cómo te llamas?— interrumpió el Padre.

— Disculpe, Padre, “se dice el pecado, no el pecador”.

Abraham salió corriendo del recinto y explotó en carcajadas con Max, que lo esperaba afuera.

1:13 Era la gran noche de David. Todos los grupos de rock estudiantiles concursaban por el puesto de la mejor banda. Se presentaban en el estadio universitario. David y su banda habían esperado este momento desde el primer día de clases.

Hubo un lleno absoluto. "The Innocents" abrió el espectáculo, seguido por "The Skulls". Era ahora el turno de "The Cockroaches". Nombre que David y su banda escogieron satíricamente, porque solo interpretaban canciones de los Beatles. Después de tocar magistralmente "Yesterday" y "Twist and Shout", David se apoderó del micrófono para interpretar un "solo" y, dirigiendo la mirada a Debbie, comenzó:

Oh, yeah, I'll tell you somethin' I think you'll understand
When I say that somethin' I want to hold your hand
I want to hold your hand
I want to hold your hand

Oh please say to me You'll let me be your man
And please say to me
You'll let me hold your hand
Now, let me hold your hand
I want to hold your hand...

La masa de gente se unió a David en el estribillo, mientras él miraba y señalaba a Debbie y le seguía cantando. Ella sonreía tímidamente dejando correr una lágrima por su mejilla. Brenda, cinco cabezas más atrás, miraba a David, también con emoción.

Terminado el concierto, todos los grupos esperaban ansiosos el veredicto del jurado.

Tercer lugar: Royal Flush.

Segundo lugar: The Cockroaches.

Primer lugar: Blancanieves y los Siete Enanitos.

Para David y su banda era un gran triunfo. Era la primera vez que se presentaban y habían vencido a los campeones del año anterior. Cada grupo festejaba detrás del escenario, en los camerinos improvisados que habían formado con pequeños toldos. Debbie trataba de hacerse paso entre la multitud para corresponder a David su muestra de amor. Pero Brenda había sido más rápida que ella.

— David — comenzó.

— ¿Brenda? ¿Qué haces aquí? — preguntó extrañado.

— No sabía que todavía sentías algo por mí.

— No sé de qué estás hablando.

— De la canción. La que me dedicaste...

— ¿Qué canc...

Y sin darle mucho tiempo de reacción, Brenda le estampó un beso que le selló los labios. David interrumpió el beso lo más rápido que pudo, pero no lo suficiente para evitar ser visto por Debbie. La noche continuó sin que David y Debbie pudieran cruzar palabra. Extrañado de no haberla visto más, David llamó repetidas veces a casa de los Johnson. Todas sin obtener respuesta.

1:14 Cuando pasó por el veterinario de camino a la casa, Abraham recibió la mala noticia de que Goliat no sobreviviría a la enfermedad. El veterinario había sugerido "dormirlo".

Abraham quería mucho a Goliat, pero más le dolía el solo pensar cómo se iban a sentir David y Dana.

David no se encontraba en casa, así que decidió comenzar con Dana.

— Hija — dijo, mientras se sentaba en el sofá con ella en sus piernas — vengo del veterinario. Me dijo que Goliat está muy enfermo, y que él no cree que pueda curarlo.

— ¿Por qué? ¿Qué tiene?

— Es una enfermedad extraña, pero me dijo que está sufriendo mucho, y que cada vez va a sufrir más.

— Yo no quiero que sufra.

— Me imagino. Preferirías que pudiera dormir tranquilo, para siempre, ¿verdad?

— ¿Dormir para siempre? — preguntó extrañada.

— Sí. El doctor puede hacerlo dormir para siempre.

— Pero entonces, no podré jugar más con él — dijo decepcionada.

— Tienes razón. Pero por otro lado, él no sufrirá más. No más dolor.

— Supongo que está bien.

— Sabía que lo entenderías. Es lo mejor para Goliat.

— ¿Dónde lo vamos a dejar durmiendo?

— No va a poder ser aquí. Vamos a pedirle a Dios que lo cuide.

— ¿Va a estar con Mami? — preguntó Dana, recordándose que había tenido una conversación similar cuando había intentado averiguar dónde estaba su mamá.

— Sí, supongo que sí. No lo había pensado, pero supongo que tienes razón. Goliat estará con Mami.

— ¿Ya está dormido?

— No. Le pedí al doctor que esperara. Pensé que tú y David iban a querer despedirse de él. Esta misma noche vamos. Mientras antes pare de sufrir, mejor para él.

1:15 David llevaba tres días intentando comunicarse con Debbie. Incluso había pasado por su casa, pero según la empleada de servicio, ella "no estaba".

Debbie, por su parte, no sabía qué hacer; por un lado, se moría por estar con él, y por el otro, quería matarlo. Definitivamente se merecía el castigo de su silencio. Esa noche, hablando por teléfono con Sandra, su mejor amiga, le contó todo lo que había pasado, con la condición que no se lo comentara a nadie. "No contárselo a nadie", que en el diccionario adolescente-español significa que puedes contárselo a no más de una persona, y en algunos casos tal vez a dos. Inmediatamente comenzó una reacción en cadena, que terminó en los oídos de David, quien finalmente entendió lo que estaba pasando.

1:16— ¿Crees en todo lo que dicen de mí? — preguntó Abraham, mientras Max se secaba las lágrimas por la risa que le había causado el último chiste.

— ¿Qué, que estás loco? Yo fui el que empecé ese rumor — contestó Max, sonriendo.

— Por una vez en tu vida, contéstame en serio.

— La gente exagera, sabes cómo se ponen cuando alguien hace algo que sale de lo ordinario. Recuérdate de Sócrates.

— Sí, eso es exactamente lo que me preocupa. Temo terminar con un trago de cicuta.

— Algún día agradecerán el haber tenido por maestro, a un genio como tú.

— Lo dices solo para hacerme sentir bien — pero, asombrosamente, el estímulo hizo su efecto — Gracias. Te veo después para almorzar.

Abraham observaba a Max alejarse por el pasillo hacia la cafetería.

Debían tener unos veintitrés años, cursaban el último año de sus carreras universitarias. Siempre se sentaban juntos en la última fila de la clase de religión del profesor Kane. Abraham no toleraba la manía del profesor de tratar de imponer sus ideas frente al libre pensamiento de los alumnos. Esto sumado a que, en un noventa y nueve por ciento de las veces, no las compartía. El curso del profesor Kane se había convertido en un "ring de boxeo" particular para Abraham, quien siempre fue un alumno brillante y que poseía un nivel de conocimientos que le permitía debatir con el más letrado. En la última reunión entre el decano de la facultad, el profesor Kane y Abraham, este último había sido puesto en preaviso: una escena más, similar a las que los tenía acostumbrados, y Abraham reprobaría esa asignatura, lo cual, inevitablemente, mancharía su impecable currículum.

Un lunes por la tarde, el profesor Kane, como era costumbre, fumaba justo afuera del salón mientras los alumnos iban entrando y se iban acomodando en sus sitios usuales. Abraham y Max se disponían a entrar al salón, igualmente, cuando Abraham le guiñó el ojo a Max y mientras atravesaban la puerta junto al profesor, dijo en una voz suficientemente alta:

—¿Te comenté sobre aquel artículo que leí acerca del cigarrillo como símbolo fálico y la relación directa entre el fumar y la necesidad de sexo oral?

— Si, lo leí. Se les ocurre cada cosa a los psicólogos...

Abraham y Max entraron al salón aguantando una carcajada. El profesor Kane miró el cigarrillo con repugnancia, pero de igual forma decidió darle una última aspirada antes de lanzarlo al piso y apagarlo con la punta del zapato.

— Hoy vamos a hablar de un gran personaje — comenzó el profesor Kane sin mucha introducción — Un gran personaje que cambió la historia en un antes y un después. Nacido en el seno de una familia humilde, hijo de un carpintero...

— ¡Pinocho! — interrumpió Abraham, provocando las carcajadas del resto de sus compañeros.

— ¿Quién fue?— preguntó el magistrado entre las risas, volteando automáticamente hacia Abraham.

Nadie respondió, pero las carcajadas se detuvieron en seco. Todos estaban al tanto de la "libertad condicional" en la que se encontraba Abraham.

Luego de un largo silencio, con su mirada clavada en la del profesor, Abraham se disponía a hablar, pero del otro extremo del salón se escuchó:

— Fui yo, profesor. Disculpe.

El profesor se volteó asombrado hacia la voz que procedía de Max.

Cuando Abraham iba a intervenir, fue interrumpido nuevamente:

— Disculpe profesor, no volverá a pasar. Me recordé de un chiste viejo, fue inevitable. Reconozco mi error y debo ser castigado por él.

— Bueno, bueno. Si así lo desea, le agradezco que se retire y me espere en mi oficina.

Max salía del salón, mientras todos lo observaban alejarse, impresionados por lo que acababan de presenciar.

1:17 Debbie y David galopaban juntos en la playa sobre un hermoso caballo blanco. El viento golpeaba en el torso desnudo de David, ella se asía fuertemente a él. De pronto, se encontraron con un pequeño escenario destinado para conciertos y fiestas. David acomodó el caballo, bajó de un salto, la ayudó a bajar, y la llevó cargada a un asiento que improvisó frente a la tarima. Se subió y luego de formales presentaciones a un público imaginario, comenzó a cantar:

Help! I need somebody,
Help! Not just anybody,

Help! You know I need someone,
Help!
When I was younger, so much younger than today,
I never needed anybody's help in any way...

Debbie suspiraba, el viento y las olas intentaban opacar la voz de David, pero él cantaba más fuerte para que su amada lo oyera:

...But now these days are gone and I'm not so self assured,
Now I find I've changed my mind I've opened up the doors.
Help me if you can, I'm feeling down,
And I do appreciate you being around...

David y Debbie voltearon hacia donde provenía una voz gritando: "¡Cállate!" David no le prestó atención y siguió cantando. Cantaba tan fuerte que Debbie despertó súbitamente.

Después de unos minutos, necesarios para entender que ya no estaba en la playa con el viento agitándole los cabellos, volteó hacia el reloj de cuerda donde las manos de Mickey Mouse marcaban las 2:50 a.m. Se paró de la cama y de inmediato lamentó el estar despeinada de tanto revolcarse en la almohada y no a causa del viento marino. Se asomó al balcón, desde donde divisó a David, que cantaba bajo su ventana a todo pulmón:

... Help me if you can, I'm feeling down,
And I do appreciate you being around,
Help me get my feet back on the ground,
Won't you please please help me?...

— ¡Shhh! ¡Cállate! — Susurró Debbie — ¿Estás loco?

— No voy a parar hasta que bajes y hablemos. Fue un malentendido, tienes que escucharme, por favor, debes escucharme.

— Voy a llamar a la policía ¡Vete ya!

— Aquí me quedo — dijo y se acomodó la guitarra, rasgando las cuerdas fuertemente, con intenciones de continuar.

— Está bien, está bien. Te perdono. Mañana hablamos, pero vete antes que mi papá te mate.

— A las siete en punto de la mañana estaré aquí. *I love you*.

Debbie hizo un gesto con la mano de "vete ya". Se volteó y dijo para sus adentros: *"I love you too"*. Se acostó nuevamente y volvió a sentir la brisa marina en sus mejillas.

1:18 Abraham fue citado a la oficina del director.

— Siguen llegando quejas sobre ti, Abraham — le dijo el mismo apenas atravesó la puerta.

— Si, es sobre los gases, juro que no los puedo controlar — respondió Abraham, con una cálida sonrisa en su rostro.

— Sabes a qué me refiero. Eres un profesor excelente, los alumnos te aman... pero los padres te odian.

— No te preocupes por los que me aman, locura de adolescentes. Ya se les quitará.

— Dicen que les metes cosas en la cabeza.

— "Les meto cosas en la cabeza". Suena como un crimen muy grave. Para eso me pagan, ¿no?

— Hay una reunión de padres mañana. Quieren que asistas.

— No hay problema, ahí estaré. Pero, y tú... ¿quieres que asista?

Llegada la mañana, todos los principales sacerdotes y los ancianos del pueblo entraron en consejo contra Jesús, para condenarle a muerte. Y le llevaron atado, y le entregaron a Poncio Pilatos, el gobernador.

La reunión fue en el pequeño auditorio del tercer piso. Había aproximadamente cincuenta padres, además del director y su secretaria. La agenda del día incluía tres puntos: presupuesto, seguridad, y el profesor Abraham Rosenthal.

Como siempre ocurría en estas reuniones, comenzó con veinte minutos de intercambio meramente social o, mejor dicho, lo que ellos llamaban social. En el ambiente flotaban besitos al aire, sonrisas forzadas, y los típicos comentarios hipócritas, o preguntas lanzadas sin el objetivo de obtener respuestas: ¿Cómo está el trabajo?, ¿te fijaste cuánto engordó?, llámame para ver cuándo nos vemos; o el infaltable: estás igualita, no has cambiado nada.

Abraham aguardaba afuera con Max, esperando a que llegaran al último punto de la agenda; él.

— Debes controlarte. No hagas ninguna estupidez — trataba de aconsejar Max.

— Tarea difícil.

— Discúlpate, siempre funciona.

— Tendrías que drogarme primero.

— ¿Qué te cuesta?

Fueron interrumpidos por el abrir de la puerta.

— Pueden pasar — dijo la secretaria.

— Muchas gracias.

Abraham entró y atravesó el pasillo entre miradas que le decían "hereje". Él, por su parte, simplemente se limitó a sonreír y se dirigió al estrado. Ocupó su asiento y escuchó, pacientemente y una a una, las acusaciones en su contra.

— Mi hija ya no quiere ir a la iglesia.

— Mi hijo dice que Dios no existe.

— Mi hija ya no me hace caso.

— Mi hijo se quiere hacer hare krishna, y todo por su culpa — dijo uno señalando a Abraham — Exijo la renuncia del profesor Rosenthal.

— ¡Sí! ¡Fuera! — otra voz secundó la moción.

— ¡Que renuncie! ¡Fuera! — al grito de guerra se le unió pronto un coro de voces.

Jesús, pues, estaba en pie delante del gobernador; y éste le preguntó, diciendo: ¿Eres tú el Rey de los judíos? Y Jesús le dijo: Tú lo dices. Y siendo acusado por los principales sacerdotes y por los ancianos, nada respondió. Pilatos, entonces, le dijo: ¿No oyes cuántas cosas testifican contra ti?

Pero Jesús no le respondió ni una palabra; de tal manera que el gobernador se maravillaba mucho.

Una vez terminadas las intervenciones y calmado el auditorio, Abraham se levantó y tomó la palabra:

— Antes que nada quisiera disculparme — comenzó Abraham. Miró a Max, recibió su aprobación y continuó—. Entiendo su malestar y sus preocupaciones. Soy padre... y madre a la vez. Créanme, sé lo que se siente. Mi única intención siempre ha sido la de enseñar. Enseñar filosofía, en su más profunda esencia, la teoría y la práctica. Enseñar a pensar, a buscar la raíz de las cosas, a preguntar siempre "por qué". ¿De qué sirve dictar las enseñanzas de Descartes, si no podemos transmitir su forma de pensar? Si no les enseñamos a pensar, no les estamos dando la posibilidad de existir, la oportunidad de vivir plenamente. Pensar implica cuestionar, analizar, indagar, investigar. ¿De qué sirve enseñar Sócrates, Pascal, Aristóteles, si no podemos respirar lo que ellos respiraban, oler lo que ellos olían, sentir lo que ellos sentían?

Vengo de un hogar en el que los pensamientos eran impuestos; no me era permitido pensar por cuenta propia. Mi mente era como un disco duro, utilizado únicamente para archivar información, pero que no se me ocurriera tratar de entenderla o dudar de ella, lo permitido era únicamente archivarla y repetirla. Los preceptos religiosos eran intocables, incuestionables. Cuestionarlos implicaba una cachetada que se sentía en el alma. Mi padre no supo, o no quiso, leer mi curiosidad, mis deseos, mis intereses, mis ambiciones.

Hizo una pausa.

— Perdí a mi padre por ir en busca de la verdad, o mejor dicho, de mi verdad. No quiero eso para mis hijos, mi objetivo es que desarrollen una mente ágil, agresiva, que los prepare para los pormenores del mundo en que vivimos. No debemos criar robots. No deseo eso para mis hijos y no creo que ustedes lo quieran para los suyos. Si me he excedido, nuevamente pido disculpas. Si lo que buscan para sus hijos es un simple dictado de libros, no cuenten conmigo. Si lo que necesitan, por el contrario, es un maestro, aquí me tienen.

Abraham se sentó y la reacción no se hizo esperar. Algunas caras de dudas, otras casi de aprobación, pero sin embargo, el enorme impulso con el que había llegado la mayoría fue difícil de contrarrestar, de revertir.

— ¡Fuera! — gritó uno desde el fondo— ¡Mi hijo se ha vuelto ateo por su culpa!

— Disculpe, señor, pero su hijo era ateo antes de empezar el año escolar. De hecho, casi me vuelvo yo ateo por su influencia. Es un muchacho brillante y muy convincente.

— ¡Cómo se le ocurre, hereje!

— ¡Ya basta! — gritó el director.

Viendo Pilatos que nada adelantaba, sino que se hacía más alboroto, tomó agua y se lavó las manos delante del pueblo, diciendo: Inocente soy yo de la sangre de este justo; allá vosotros.

La gritería se volvió incontrolable. Los pocos que Abraham había convencido eran opacados por la mayoría, todavía indignada. El director se levantó de su asiento lentamente y tomó la palabra en el podio.

— ¡Pongamos fin a esto! En vista que aquí no se va a llegar a ningún acuerdo, me veo en la obligación de tomar una decisión — el director observó al público y detuvo la mirada en Abraham, transmitiéndole la empatía y el aprecio que sentía por él.

Terminada la reunión, Abraham salió del salón, literalmente empujado por Max y acompañado del director.

— ¿Es cierto lo que dijiste de tu papá? — preguntó el director.

— Créeme, no quieres saber — interrumpió Max.

— No lo dudes. Empieza a hablar.

— En otro momento, por favor, en otro momento.

— *¡Abraham! ¿Vu bistu? ¿Dónde estás?*— gritaba el rabino Rosenthal en yiddish *desde la entrada de la casa. Abraham sabía que si su padre le hablaba en* yiddish *era porque había problemas ¡Ven aquí inmediatamente!*

Llevaban más de un mes discutiendo, ferviente y diariamente, sobre su carrera.

— Me aceptaron en la facultad de filosofía. Voy a comenzar mis estudios en Septiembre.

— Es imposible — era la repetida respuesta por parte del rabino.

— ¿Por qué? ¿Por qué no escuchas un poco? Puedo mantener las dos carreras a la vez.

— El rabinato no es una carrera, es tu vida — contestó enérgicamente.

— Es la vida que tú elegiste. Yo quiero otra vida para mí. ¿Acaso no entiendes?

Las discusiones siempre terminaban igual: el padre abandonaba la sala dando un portazo, sin dar vuelta atrás.

Esta vez, sin embargo, lo esperaba furioso sentado en el comedor. Hoy era diferente, el rabino Steinmetz le había dicho que Abraham, luego de una larga discusión, en la que había puesto en ridículo y humillado a su profesor, amenazó con abandonar la carrera rabínica.

Cuando al tercer grito no obtuvo respuesta, el rabino Rosenthal, optó por pararse e investigar con sus propios ojos. Al abrir la puerta del cuarto de Abraham, perdió por completo el control sobre sus sentidos, la sangre paró de circular por sus venas, el corazón paró de latir.

La cruda visión de la figura de Abraham, vestido con un sobretodo negro y colgado del cuello en el centro del cuarto, lo hizo caer al piso de rodillas. Se cubrió los ojos con sus grandes manos y lloró pidiendo perdón. Recogió del suelo el sombrero negro de Abraham y se arrastró hasta las piernas, que colgaban con extraña ligereza, abrazándolas fuertemente, liberando el llanto que tenía contenido.

Reaccionando ante lo inverosímil de la situación, finalmente notó que abrazaba solamente unos pantalones. Haló fuertemente, dejando la cuerda balanceándose en el medio del cuarto.

Luego de los cinco minutos que le tomó sobreponerse, se dirigió al baño a echarse agua fría en la cara hasta retomar sus colores normales; cuando, para completar su sorpresa, descubrió en el lavamanos, los restos de la barba y las peiot de Abraham.

Abraham, mientras tanto, hacía su entrada triunfal al bar de Mike, donde lo esperaba Max tomando una cerveza. Nunca lo hubiera reconocido, de no ser porque Abraham llevaba una de las camisas preferidas de Max. La vestimenta de rapero, el rostro desnudo, el pelo corto y la sonrisa triunfal, lo convertían completamente en otra persona.

Tras salir de su asombro, Max se paró y lo abrazó. Seguidamente pidió una ronda de cervezas y unos calamares fritos y se sentaron. Abraham miró hacia el plato de calamares inicialmente con recelo, pero después se animó.

Le contó a Max sobre su extraña sensación al afeitarse. Se sintió como un niño quitándose un disfraz, como una culebra cambiando de piel. Sí, eso era, una culebra cambiando de piel. Luego le contó sobre la cruel idea del ahorcado. "Al fin al cabo, el viejo se lo merecía" dijo Abraham, como justificándose.

— Se te fue la mano. Corre, que estás a tiempo de ir a desmontarlo. Lo vas a matar de un infarto.

— Me alegraría de sobremanera saber que por lo menos tiene corazón.

— Estás loco.

Abraham se paró y golpeó alegremente el vaso suyo con el de Max, simulando un brindis.

— Abraham Rosenthal ha fallecido hoy trágicamente. — anunció —

Desde ese día, únicamente el silencio y la distancia mediaron entre el gran rabino Rosenthal y su hijo, futuro doctor y profesor de filosofía.

1:19 Lunes por la tarde, Abraham acompañaba a Max por el campus. Se separaron en el lugar de costumbre.

— Cuidado — susurró Max.

— No te preocupes.

Debido a la libertad condicional que el director le impuso a Abraham a raíz de la reunión con los padres, éste había preparado una clase tradicional, "de libro". Después de los acostumbrados primeros cinco minutos que requería el aula para prepararse, Abraham comenzó:

— John Smith nace hoy, exactamente hace cincuenta años, aquí en Nueva York. En el mismo momento, en el mismo hospital, nace Juan Pérez. Después de cincuenta años de éxitos y fracasos, alegrías y tristezas, hoy, 18 de Enero de 2015, John Smith muere de un infarto al corazón a las diez de la noche, sin haber conocido otra ciudad que la que lo vio nacer. Como si fueran almas gemelas, en el mismo momento muere Juan Pérez de un infarto.

En el acta de nacimiento de ambos se lee "18 de Enero de 1965". Por otra parte en el acta de defunción de John Smith, como ya sabemos, reza "18 de Enero de 2015" mientras que en el de Juan Pérez dice "19 de Enero de 2015". ¿Cómo se explica esta diferencia entre estas almas gemelas que han nacido y muerto en el mismo instante?

— Juan Pérez falsificó sus papeles — respondió un estudiante.

— Muy listo, Richard. Pero suponiendo un mundo irreal donde esta solución no es posible. ¿Qué pasó? Pero no hace falta que se quemen el cerebro, voy a darles la respuesta. La única diferencia entre estas dos muertes simultáneas, está marcada por el hecho de que Juan, algunos años antes de fallecer, toma la decisión de mudarse a España, patria de sus padres. Por lo cual, mientras que, efectivamente, tanto John como Juan dejaron el mundo que conocemos en el mismo instante, John dejó de respirar a las diez en punto de la noche, mientras que, por la diferencia horaria entre ambos lugares, Juan expiró a lo que vendrían a ser las 5:00 en punto de la mañana... pero del día siguiente. Así que dos personas, habiendo aparecido y desaparecido al mismo instante, simplemente por estar ubicados en sitios diferentes, resultaron haber muerto en fechas diferentes, donde una persona da la falsa impresión de haber "vivido un día más que la otra".

¿Qué nos demuestra eso? Desde sus inicios, el hombre ha tenido la necesidad de estandarizar y de regularlo todo. Sin embargo, resulta ser que no somos perfectos; creamos sistemas de medición que, como todo lo demás, tienen sus imperfecciones, y eso puede causar problemas de percepción y de interpretación. Quiero escuchar sus opiniones. A ver, por ahí atrás...

1:20 El curso de filosofía seguía su secuencia natural, así como lo hacía el noviazgo de David y Debbie. David había soñado la noche anterior con Debbie, como lo había hecho una y mil veces. La pasó buscando cerca de las siete de la noche, ella estaba más adorable que nunca, con esa belleza propia característica de la inocencia, y que la hacía completamente irresistible; se saludaron con un largo y húmedo beso. Viajaron hasta un mirador que David había descubierto, donde vieron una película en la pantalla de un autocine lejano desde el Jeep descapotable. Acompañaron la cena, que David había cocinado para ambos, con la luz de una lámpara de kerosén. Al terminar, David sacó su guitarra, la afinó rasgando las cuerdas y ajustándolas hasta lograr el tono deseado, y comenzó a cantar una canción que había escrito para ella:

De madrugada te buscaré;

Mi alma tiene sed de ti, mi carne te anhela,

En tierra seca y árida donde no hay aguas,

Mis labios te alabarán.

Así te bendeciré en mi vida;

En tu nombre alzaré mis manos.

Como de meollo y de grosura será saciada mi alma,

Y con labios de júbilo te alabará mi boca,

Cuando me acuerde de ti en mi lecho,

Cuando medite en ti en las vigilias de la noche.

Porque has sido mi socorro,

Y así en la sombra de tus alas me regocijaré.

Está mi alma apegada a ti.

— Es preciosa — suspiró Debbie.

— No la escribí yo, solo le puse música. Es un plagio, en realidad, una adaptación.

— ¿De dónde es? Me suena conocida.

— Es sacado de uno de los salmos del rey David.

— Me encantó.

— Es un libro sagrado — dijo con cierto orgullo de pecador.

— ¡Oh! Sacrilegio. Eso lo hace más excitante.

— Nunca pensé que iba a decir esto, pero... — comenzó David — estoy enamorado de ti.

— Lo sé — contestó Debbie sonriendo — yo también te amo.

— No me estás entendiendo, estoy *realmente* enamorado de ti, te necesito como nunca antes había necesitado a nadie. Quiero que seas la última cara que vea antes de dormirme y la primera al levantarme. Cuando me visualizo en todos los momentos de mi vida, tú estás ahí, a mi lado. Debbie… ¿quieres compartir conmigo el resto de mi vida… de nuestras vidas?

— David, sabes que me encantaría — dijo Debbie mientras las lágrimas corrían por sus mejillas — pero no podemos, ni tu familia, ni la mía, lo aceptarían.

— Tienen que entenderlo. No soy el primero, la Biblia nos respalda. Moisés, profeta de profetas, se casó con una gentil. Inclusive, el mismo Abraham, Abraham el patriarca, el primer judío.

— No le quedó otra. No había judías disponibles — dijo Debbie, que reía mientras lloraba.

David se le acercó lentamente hasta donde podía percibir su respiración y acarició ambas mejillas con sus manos.

— No dejemos que nos separen. Hablemos con ellos, seguro que comprenderán.

—¿Estás seguro?

— Vamos a intentarlo.

Se consumía el kerosén, y la luz de la lámpara se hacía cada vez más tenue, mientras ellos seguían arrodillados el uno frente al otro con las manos agarradas.

David le soltó las manos y comenzó a acariciarla delicadamente, empezando por los hombros, y luego conduciendo sus manos lentamente marcando su figura. Con suavidad, desabrochó los botones de su blusa, uno a uno.

Debbie respondió, más bien ayudándolo, permitiendo que sus prendas se deslizaran suavemente por sus brazos, y exponiendo sus senos que esperaban por este momento. El resto fue simplemente dejarse llevar.

1:21 — "El tiempo y el espacio han sido temas de discusión filosófica por excelencia. Eso leerán por ahí, si es que alguno de ustedes aún utiliza aquel método tan obsoleto de entretenimiento y educación... que el tiempo no existe. El tiempo, que irónicamente es comparado una y otra vez con el pasar de las hojas de un libro. Un libro en el que lo que ya leímos corresponde al pasado, algo que ya pasó, y que por lo tanto ya no existe. Mientras que lo que vamos a leer, corresponde al futuro, a aquello que no ha pasado, y que por ende, tampoco existe. Y por último, el presente es tan efímero, tan puntual, que lo podríamos comparar con el canto de la hoja al pasar. En el momento en que es identificado, se convierte automáticamente en pasado; su paso es tan imperceptible, que tampoco existe."

"Una de las paradojas de Xenón habla sobre el concepto del espacio, de la distancia. Veamos la fábula de la tortuga y la liebre, en la cual, como todos sabemos, la liebre, por confiada, es sobrepasada por la tortuga."

"Ahora bien, si la tortuga está en un punto A y la liebre en un punto B, para que la tortuga llegue a B deberá pasar por un punto medio entre A y B que llamaremos C. Nuevamente, para que la tortuga llegue de C a B deberá pasar por un punto medio entre C y B que llamaremos D. Así, sucesivamente, siempre habrá un punto medio por el cual la pobre tortuga deberá pasar antes de llegar a su destino; pero a pesar de todo la tortuga lo alcanza, y lo sobrepasa, venciendo a la liebre. He aquí la paradoja, cómo logra la tortuga pasar a la liebre, habiendo siempre un punto medio que las separa a ambas. ¿Quién ha leído sobre las paradojas de Xenón?"

El profesor Rosenthal pasó la mirada por sobre toda su audiencia, que lo observaba como una cuerda de condenados desde un paredón: con los ojos abiertos y esperando a ser fusilados.

— A ver, Mónica, ¿qué opinas?...

1:22 Era el momento. La gran noche había llegado, David y Debbie iban a informar a sus familias su decisión de casarse.

Habían decidido hacer una primera aproximación por separado, con la intención de tantearlos un poco.

Dana ya se había acostado y David se quedó charlando con su papá y su tía después de la cena, mientras que a diez kilómetros, Debbie se reunía con sus padres y abuelos en la sala de su casa.

— Papi... — comenzó David, y volteándose hacia Lea y dijo — Tía, me alegro que estés aquí. Estoy a punto de dar un paso muy importante en mi vida, y me encantaría contar con el consentimiento de ambos, ya que Mami no está aquí para ayudarme.

Las miradas de Abraham y Lea se encontraron en una nube de dudas, pero los nervios que David sentía le hacían mantener el flujo de su discurso casi sin pausas, por lo que la nube se disipó rápidamente.

— Creo que la he encontrado. — siguió David — Siempre tuve la duda de qué sentiría, cómo sabría si es la indicada o no, pero en este momento no tengo duda alguna que es ella. Quiero que Debbie Johnson sea mi esposa y, antes que empiecen con sus discursos religiosos, sé lo que eso implica y lo difícil que es para ustedes y probablemente lo sea también para nuestros hijos, pero estamos dispuestos a correr con las consecuencias.

En ese momento, lo único que mantenían en común la casa Johnson y la casa Rosenthal era un silencio sepulcral.

El primero en saltar al abismo que había creado la simple idea, fue el sacerdote Johnson.

— Definitivamente, no. Es inconcebible y no está abierto a discusión — selló con su usual rudeza típica y salió de la casa cerrando la puerta enérgicamente detrás de él.

En aquella sazón vinieron dos mujeres rameras al rey Salomón, y presentáronse delante de él.

Y dijo la una mujer: ¡Ah, señor mío! Yo y esta mujer morábamos en una misma casa, y yo parí estando con ella en la casa.

Y aconteció al tercer día después que yo parí, que ésta parió también, y morábamos nosotras juntas; ninguno de fuera estaba en casa, sino nosotras dos en la casa.

Al otro lado de la ciudad, Abraham trataba de comunicarse con un David intransigente. De cierta forma, Abraham sentía como si las palabras que el emitía salían desde lo más profundo del alma de su papá, el rabino Rosenthal: sentía una especie de "déjà-vu", con la diferencia que ahora era él quien ocupaba el asiento de enfrente: el adulto, el estático, el de la cabeza sobre los hombros.

— Hijo, no se apresuren a tomar ninguna decisión.

— Estamos decididos — respondió David, enfáticamente.

— Son todavía muy jóvenes.

— No insistas. Es una decisión ya tomada.

Y una noche el hijo de esta mujer murió, porque ella se acostó sobre él.

Y levantóse a media noche, y tomó a mi hijo de junto a mí, estando yo tu sierva durmiendo, y púsolo a su lado, y púsome a mi lado su hijo muerto.

Y como yo me levanté por la mañana para dar el pecho a mi hijo, he aquí que estaba muerto: mas observéle por la mañana, y vi que no era mi hijo, que yo había parido.

Entonces la otra mujer dijo: No; mi hijo es el que vive, y tu hijo es el muerto. Y la otra volvió á decir: No; tu hijo es el muerto, y mi hijo es el que vive. Así hablaban delante del rey.

— Dale un poco más de tiempo a la relación, apenas se conocen. Es una decisión para toda la vida — insistía Abraham, tratando de aparentar serenidad.

— Ya te dije que la decisión está tomada. No vine a pedir consejo, vine a buscar apoyo y compartir contigo mi alegría.

— Sabes que estás pidiendo mucho.

— ¿Me estás obligando a elegir entre Debbie y tú? — preguntó David, en tono amenazante.

Y dijo el rey: Traedme un cuchillo. Y trajeron al rey un cuchillo.

En seguida el rey dijo: Partid por medio el niño vivo, y dad la mitad a la una, y la otra mitad á la otra. Entonces la mujer cuyo hijo era el vivo, habló al rey (porque sus entrañas se le conmovieron por su hijo), y dijo: ¡Ah, señor mío! dad a ésta el niño vivo, y no lo matéis. Mas la otra dijo: Ni a mí ni a ti; partidlo.

Entonces el rey Salomón respondió, y dijo: Dad a aquélla el hijo vivo, y no lo matéis: ella es su madre.

— Nunca dije eso. Creo que eres suficientemente maduro e inteligente para tomar la decisión correcta. Pero no pretendas contar con mi apoyo, sabes mi punto de vista.

1:23 Las diferentes reacciones vinieron determinadas por las cargas ligadas a los cromosomas XX y XY. Debbie subió las escaleras corriendo y se encerró a llorar en su cuarto. David, por otro lado, dejó sentados a Lea y Abraham, y salió de la casa sin decir palabra.

A las dos horas, David se encontraba estacionado en la calle observando la ventana del cuarto de Debbie, sin saber qué hacer. Por fin decidió silbarle para que bajara a su encuentro. Ella obedeció al instante.

— Te tengo malas noticias, — comenzó David — aunque por tu cara, asumo que no son diferentes a las tuyas.

— Me dijeron… me dijeron…— trataba de decir Debbie mientras intentaba controlar el llanto.

— No te preocupes, no tienes que contarme nada, simplemente dime que lo quieres tanto como yo.

— Con toda mi alma.

—Vámonos entonces, tú y yo solos, adonde nadie nos conozca, adonde no importe a quién le rezamos por las noches, adonde nos podamos casar con la luna y las estrellas de testigos. No necesitamos a nadie más.

Estos son los nombres de los hijos de Israel que entraron en Egipto con Jacob...

2:1 No estaban muy seguros de lo que hacían, pero impulsados por la rabia que sentían y la impulsividad característica de la edad, cada uno empacó su maleta. Entre los dos habían logrado juntar ochocientos treinta y cinco dólares. Luego de llegar a destino, probablemente venderían el carro de David y las pocas cosas de valor que llevaban. Consideraban que eso les bastaría para empezar una nueva vida, y no dudaban sobre su capacidad de producir; ambos trabajarían de día, bien sea en un restaurante o en un taller mecánico, o lo que se presente, y de ser necesario, algunas noches David buscaría algún bar donde le pagaran por su música.

David pasó por el cuarto de Dana y dejó sobre su cama una nota escrita en el revés de una foto donde David la cargaba en hombros:

"Hermanita,

No sé si ahora puedes entender estas palabras, pero estoy seguro que muy pronto podrás. Te quiero muchísimo, y bajo ninguna circunstancia quiero que sientas que tienes el mínimo grado de culpa por mi partida. Espero que no pases en tu vida por lo que yo estoy hoy atravesando, y si te ocurre, que tengas la inteligencia suficiente para tomar la decisión acertada. Te dejo a Ringo para que cuides de él. Cuida también de papá.

Te quiero y desde ya te extraño.

Tu hermano,
David"

En la mesa de noche, David dejó a Ringo en su pecera, se despidió de él esbozando una sonrisa y murmurándole:

— Vas a estar bien.

Bajó las escaleras, dejó un sobre abultado sobre la consola de la entrada y echó una última mirada dando una vuelta lenta alrededor de todos los ambientes de la casa. Posó dos dedos suavemente sobre la *mezuzá* y los besó tiernamente. Se alejó hacia el carro mientras le caían unas lágrimas inevitables que terminaron su recorrido dejándole un gusto salado en la boca.

Debbie, por su parte, seguía empacando sin poder consolar el llanto. Terminada la maleta, tomó el teléfono y llamó a la oficina del papá. Se sintió un poco aliviada cuando le tocó despedirse con un mensaje en la contestadora telefónica:

— Papá... Mamá...— dijo, con un nudo en la garganta y el corazón estrujado — Ojalá hubiera tenido la fuerza de hacer esto personalmente, pero me es muy difícil, aun por teléfono. Espero que algún día me entiendan y me perdonen por lo que estoy haciendo, siempre se esforzaron por enseñarme el valor del amor y no pienso perderlo ahora que lo conseguí. Tenían razón, es maravilloso estar enamorado, y es verdad, uno hace idioteces y no ve las consecuencias, tal cual como ustedes lo describieron. Quiero que sepan que David y yo pensamos casarnos ante Dios como único invitado. El mismo Dios del que tanto me hablaron desde pequeña, del que tanto le hablaron a David en su familia. Me encantaría que algún día lo puedan ver como nosotros lo vemos. Los quiero y les estaré eternamente agradecida. Normalmente diría "Adiós", creo que en este caso es más correcto simplemente "Chao".

David esperaba afuera en el carro.

2:2 Abraham llegó a la casa cuando ya lo separaban unos 150 kilómetros de distancia de David y Debbie. Apenas entró, vio el sobre que David dejó en la consola de la entrada. Intrigado, lo abrió, había un fajo de billetes junto a una carta firmada con el puño y letra de David. Sin tener todavía mucha idea del contenido, comenzó a leer:

"No sé cómo nos pasó esto después de lo que tú pasaste con el zeide. Definitivamente, uno solo aprende cuando pone la mano en el fuego, y no cuando ve al otro quemarse. Sé que si estuvieras en mis zapatos habrías hecho lo mismo; tarde o temprano me entenderás. Probablemente ahora te estés debatiendo entre lamentarte por mi partida o sonreír orgulloso, viendo en mí tu reflejo. "Dios es único", pero ¿acaso no es el mismo "único" para ellos que para nosotros?; "Ama a tu prójimo como a ti mismo", mmm... ¿no son ellos nuestros prójimos? ¿Acaso el rey David, rey de reyes, no desciende de una gentil, Ruth la moabita; y, si me enseñaste bien, de la misma cadena de la que desciende también Jesús? Nunca terminaré de entender cómo podemos estar tan entremezclados y tan separados a la vez.

Te lo debo todo. Te debo mi vida, y te debo que me hayas dado la sabiduría para poder encontrar el amor en el prójimo, y ver más allá de las barreras religiosas en las que tú mismo nunca creíste. El dinero que te dejo es para saldar nuestra cuenta pendiente por la tele. Decidí dejar la cama sin hacer porque espero poder regresar un día y acomodarla.

Tu hijo que nunca te olvidará,
David."

Después de revisar el cuarto de David, y entender que la cosa era en serio, Abraham llamó a los padres de Debbie, a Lea, y por último a la policía. Todos se reunieron en la casa de Abraham. Luego que los ánimos se calmaron, el sargento comenzó con las preguntas de rutina:

— Por los respectivos mensajes que dejaron, podríamos afirmar que sus hijos se escaparon y no que fueron secuestrados. Pregunto: ¿qué les pudo motivar a escaparse?

— No se escaparon, regresarán mañana o en dos días — dijo confiado el padre de Debbie — no pueden ir muy lejos, no tienen dinero y son solo un par de niños.

— Es posible — contestó el sargento — pero se sorprendería de lo que son capaces los jóvenes hoy en día; el cine y la televisión les alimenta la creatividad aventurera…

— Es todo culpa tuya — interrumpió llorando la mamá de Debbie — ni siquiera la escuchaste.

— ¿Cómo se te ocurre echarme la culpa a mí? Tú fuiste la primera que estuvo en contra de esa relación.

— Pero… ¿quién se iba a imaginar que pensaban casarse?

— Propongo que nos calmemos y que no tratemos de buscar un culpable, — dijo Abraham — todos somos igual de culpables. Son dos muchachos inteligentes, propongo que les demos un par de días, estoy seguro de que llamarán.

— No parece ser un caso para nosotros. Es más bien un asunto familiar; — dijo el sargento Morgan — si alguno de sus hijos llama, por favor, sean amables con ellos. Nosotros mantendremos los ojos abiertos.

Poco a poco se fueron yendo todos, y quedaron solos en la sala Lea y Abraham. Al poco tiempo Dana se acercó, con la nota de David en la mano. Abraham la leyó una vez más en silencio y, limpiándose una lágrima que apenas se asomaba, sentó a Dana en sus rodillas y le dijo:

— David quiere que cuides a Ringo, se va a ir por unos días.

— ¿A dónde? ¿Por qué no se despidió de mí?

— Te estuvo esperando pero se tuvo que ir, por eso te dejó esta nota.

— Pero, ¿cuándo va a volver? — preguntó Dana. La voz le temblaba.

— Pronto, Dana, pronto.

2:3 Al día siguiente, mientras se sentaban a desayunar, sonó el teléfono. Abraham atendió, pero nadie habló al otro lado del auricular.

—Aló, Aló… — seguía diciendo, pero solo lograba escuchar una respiración agitada — David, si eres tú, por favor habla hijo, te prometo que todo se va a solucionar, fui un estúpido, por favor dime algo…

Abraham fue interrumpido por un "clic".

2:4 Max cubrió las clases de Abraham por una semana.

— Hoy vamos a hablar de Santo Tomás de Aquino ¿Alguien ha escuchado sobre él? — dijo, mientras recorría a su audiencia con la mirada — Santo Tomás se dice que vivió entre 1224 y 1274 después de la era Común. Nació en Sicilia y bien pronto, a pesar de la oposición familiar, ingresó en la orden de los dominicos.

Gracias a él, la filosofía aristotélica logró el reconocimiento de la iglesia, que acabó por nombrarla su filosofía oficial en el Concilio de Trento, algo que llegó hasta el Concilio Vaticano II, ya en el siglo XX.

La filosofía tomista es una brillante síntesis del platonismo y el aristotelismo, con mayor presencia de esta última corriente. Según Tomás, nuestro entendimiento se dedica a abstraer la esencia de las cosas, partiendo para ello de las cosas sensibles captadas por nuestros sentidos.

No encontramos en Santo Tomás enfrentamiento alguno entre fe y razón: la razón ayuda a la fe con sus procesos de sistematización científica, mientras que la fe servirá a la razón.

En cuanto a la idea del hombre, para Santo Tomas éste es un compuesto de alma inmortal y de cuerpo material unidos de una manera sustancial.

A Santo Tomás le debemos el enunciado de las cinco vías para la demostración de la existencia de Dios. Veamos:

Primera, el movimiento: si existe el movimiento, y esto es evidente, y todo lo que se mueve es movido por otro motor, que a su vez es movido por otro, que a su vez ha sido movido por otro motor... Nos encontramos así con que, en algún momento, tiene que haber habido un primer motor que haya empujado para generar movimiento. Éste no es otro que Dios.

Segunda, causa y efecto: hay una serie de causas eficientes, por lo que tiene que haber una primera causa, porque si no, no habría ningún efecto. Esa primera causa es Dios.

Tercera, posible y necesario: la generación y corrupción muestran que hay entes que pueden ser o no ser. Estos entes, alguna vez no han sido y habría habido un tiempo en que no hubiera nada, y nada hubiera llegado a ser. Así las cosas, tiene que haber un ente necesario por sí mismo. Éste ente es Dios.

La cuarta se refiere a los grados de perfección: hay diversos grados de todas las perfecciones, que se aproximan más o menos a las perfecciones absolutas, y por ello son grados de ella. Hay, pues, un ente que es sumamente perfecto, el ente sumo. Ese ente es causa de toda perfección, y es Dios.

La quinta y última, habla sobre el gobierno del mundo: los entes del mundo tienden a un fin y a un orden, no por azar sino por una inteligencia que les guía. La inteligencia que dirige las cosas hacia su finalidad es Dios.

Hizo una pausa, mientras los alumnos tomaban nota.

— A ver Ricky, ven al frente. Jimmy, tú también.

Ricky y Jimmy se acercaron como con pesos en los pies. Las técnicas de Max eran muy conocidas por todos. Siempre trataba de ubicar a los alumnos en el tiempo y espacio del autor que estudiaban, para poder hacerles entender y asimilar mejor los conocimientos.

— Año 1253 — dijo, poniéndoles una bata marrón típica de las abadías de la época. Y mientras les amarraba una cuerda en la cintura, continuó — Imagínense en un convento benedictino…

2:5 Tras una semana de larga espera, Abraham fue citado por el sargento Morgan. Le pidió a Max que lo acompañara a la jefatura.

Al llegar a la cita, se encontró con los padres de Debbie. Inmediatamente apareció el oficial de policía. Directo al punto, les dijo:

— Les tengo malas noticias. Acabamos de recibir el reporte de un jeep negro, año 1994, involucrado en un accidente de tránsito. Éste fue desplazado de la autopista por un camión de carga larga, que lo obligó a caer por el precipicio. El jeep estaba ardiendo en llamas... — hizo una pausa y continuó — Hemos confirmado que es el automóvil de David. Lo siento mucho.

La mamá de Debbie estalló en llanto mientras el señor Johnson trataba inútilmente de consolarla. Max sujetaba a Abraham, quien hacía un esfuerzo enorme por contenerse.

Después de diez minutos que se sintieron como horas, Abraham se acercó a los Johnson, les extendió su mano temblorosa que terminó en un abrazo donde prácticamente se colgó de ellos y, con el tono más calmado que pudo, les dijo:

— Lo siento mucho — y salió de la comisaría.

Afuera se respiraba esa humedad característica de cuando acaba de llover. Al llegar a la acera, las piernas no le respondían; Abraham cayó de rodillas, se llevó las manos a los ojos y se permitió llorar.

Hubo un varón en tierra de Cus, llamado Job; y era este hombre perfecto y recto, y temeroso de Dios, y apartado del mal.

En ese momento, Max salió al encuentro de Abraham. Abraham le pidió a su amigo que se llevara el carro.

— Quiero caminar. Necesito estar solo.

— No creo que sea conveniente. Vamos, yo te acompaño. Ven a mi casa.

— No te preocupes, estaré bien.

— De acuerdo, pero estaré cerca por si me necesitas.

Abraham se abrió los botones superiores de la camisa, tomó con fuerza entre las dos manos el lado derecho del cuello y, adelantándose al entierro, haló hasta rasgarlo como dicta la ley judía en caso de duelo por la pérdida de un familiar. Dijo, casi susurrando:

"Baruj Atá Adonai, Elohenu Mélej haolam, dayan haemet".

"Bendito eres tú, oh Eterno, Dios nuestro, Rey del Universo, Juez de la verdad".

Comenzó a caminar sin rumbo, sin hacer caso de la lluvia que había vuelto a arreciar. Su cerebro viajaba muy rápido: recuerdos, escenas, fotos, comentarios, olores, momentos, ruidos, memorias. Primero Mamá, después Raquel, ahora David. ¿Me estás probando?

Y dijo Jehová a Satán: ¿De dónde vienes? Y respondiendo Satán a Jehová, dijo: De rodear la Tierra, y de andar por ella.

Y Jehová dijo á Satán: ¿No has considerado a mi siervo Job, que no hay otro como él en la Tierra, varón perfecto y recto, temeroso de Dios, y apartado de mal?

Y respondiendo Satán a Jehová, dijo: ¿Teme Job a Dios de balde?

¿No le has tú cercado a él, y a su casa, y a todo lo que tiene en derredor? Al trabajo de sus manos has dado bendición; por tanto su hacienda ha crecido sobre la tierra.

Mas extiende ahora tu mano, y toca a todo lo que tiene, y verás si no te blasfema en tu rostro.

Y dijo Jehová á Satán: He aquí, todo lo que tiene está en tu mano: solamente no pongas tu mano sobre él. Y salióse Satán de delante de Jehová.

Si esto era una prueba, Abraham estaba lejos de aprobar. Los días seguían pasando, Abraham había caído en una depresión de la que parecía sobreponerse únicamente bajo los efectos de un alto grado de alcohol. No salía de la casa, no se bañaba ni afeitaba, apenas comía. Se quedaba durante horas sentado frente al televisor apagado. Lea había decidido llevarse a Dana temporalmente para que no presenciara este proceso que todos ansiaban fuera de transición.

Entonces Job se levantó, y rasgó su manto, y trasquiló su cabeza, y cayendo en tierra adoró;

Y dijo: Desnudo salí del vientre de mi madre, y desnudo tornaré allá. Jehová dio, y Jehová quitó: sea el nombre de Jehová bendito.

2:6 Al día siguiente, el cuerpo incinerado, o lo que quedaba de él, era transportado dentro de una caja de madera para ser devuelto a la tierra en presencia de familiares y amigos.

En la sección judía del cementerio, Abraham, ayudado por Max, así como por Ricky y Ronny, dos miembros de "The Cockroaches", cargaban el ataúd donde el cuerpo descansaba en paz.

Las pocas mujeres que habían decidido acompañarlos para despedir el alma, lloraban mientras seguían el desfile que se dirigía a la fosa.

Con ayuda de unas cuerdas, la urna descendía lentamente.

El rabino Weisman dirigió el servicio para levantar el alma del fallecido. Cuando llegó el momento, Abraham se adelantó y recitó el *kaddish* con voz temblorosa:

"Yitgadal veyitkadash shemé rabá, Amén"
"Exaltado y santificado sea el gran Nombre de Dios, Amén"
"Bealmá divrá jiruté veiamlij maljuté, Amén"
"En este mundo de Su creación que creó conforme a Su voluntad; llegue su reino pronto, germine la salvación y se aproxime la llegada del Mesías, Amén."
"Bejaiejón veiomejón..."
"En vuestra vida, y en vuestros días…

Al terminar la ceremonia, Abraham atravesó las callejuelas entre las tumbas, y al pasar por las de sus padres, dejó unas pequeñas piedras en cada una. Continuó más adelante y se arrodilló ante la tumba de su esposa. Llorando, besó el frío mármol y puso también unas piedras sobre la inscripción de su nombre.

— Te traje a David — dijo explotando en llantos — Se convirtió en un hombre, estarías tan orgullosa de él.

Max, alzó a Abraham por los brazos, que no paraba de llorar, lo arrancó de la lápida, y lo llevó a su carro, casi arrastrándolo.

— Vamos muchachote, vamos a casa. Mucho para un solo día.

Abraham pasó los primeros siete días de duelo en un silencio absoluto.

2:7 Una noche, Abraham salió del bar de Mike, que se había convertido en su parada nocturna obligatoria. Estaba más ebrio que de costumbre. Después de varios intentos, logró introducir la llave en la cerradura del carro y encenderlo. La única parte de su cerebro que permanecía sobria le decía que no debía manejar. Pero, quién sabe, pensó, con un poco de suerte se estrellaría y acabaría con su tormento. Arrancó el carro y se dirigió rumbo a su casa.

Se disponía a salir de la autopista, cuando al último segundo, con un movimiento brusco del volante, regresó a la vía, obligando a un taxista a hacer una maniobra digna de Fórmula 1 para evitar un accidente. El hindú que manejaba el taxi, lo rozó por un lado, maldiciéndolo sin necesidad alguna de traducción.

A Abraham se le ocurrió repetir la ruta que debieron tomar David y Debbie el día que escaparon. Entre sus náuseas que aumentaban, y la visión completamente borrosa, la carretera se convirtió en un verdadero reto. Ahora que rodeaba la montaña, la autopista se había reducido a dos canales, uno de ida y uno de vuelta.

Cada curva del camino sinuoso se convertía en una sorpresa. Ni la oscuridad de la noche, ni la intoxicación, ni los ciento cincuenta kilómetros por hora que marcaba el velocímetro, le ayudaban a enfocar la visión.

El efecto somnífero que acompaña a la ebriedad empezaba a hacerse presente cuando, finalizando una curva cerrada, el cornetazo de un camión que venía en el canal contrario, y que bien hubiera podido ser confundido con el de una locomotora, le regresó a sus sentidos y despertó el mínimo de reflejos necesarios para esquivarlo, aunque no lo suficiente para mantenerse en su canal.

Abraham manipulaba la palanca de cambios, los pedales y el volante, tratando inútilmente de recuperar el control del vehículo, que se dirigía al precipicio, contradiciendo la autoridad de su conductor. Cuando se rindió ante la evidencia del peligro, una pequeña porción del terraplén, relativamente nivelada, le ayudó a detener el vehículo.

Abrió la puerta del carro tan rápido como las manos temblorosas le respondieron. Vomitó la cena y parte del almuerzo. Salió del carro, caminó un poco, observó el trayecto que acababa de realizar y respiró profundo.

El aire fresco de la noche lo ayudó a salir del sopor en que se encontraba y, cuando ya estaba más o menos recuperado, regresó al carro. Sentía que, o las órdenes cerebrales no viajaban a su velocidad habitual, o bien era simple rebeldía del resto de su cuerpo. Echó su cabeza hacia atrás, e inmediatamente cayó en un sueño profundo.

Salió, pues, Jacob de Beersheba, y fue a Harán. Y llegó a un cierto lugar, y durmió allí, porque ya el sol se había puesto; y tomó de las piedras de aquel paraje y puso a su cabecera, y se acostó en aquel lugar.

Volteó nuevamente la cabeza hacia el precipicio y notó cómo, poco a poco, las piedras comenzaban a moverse y la tierra tomaba una nueva forma, convirtiéndose en una gran escalera que lo regresaba de vuelta al camino. Bajó del asiento y, como flotando, comenzó a subir. Para su sorpresa, cuando llegó al camino, la escalera no se detenía, sino que continuaba ascendiendo hacia una luz intensa. La luz no le permitía ver el final, solo podía ver ángeles que subían hacia el cielo y luego bajaban.

Continuó subiendo y se detuvo. En uno de los ángeles, le pareció reconocer a su hijo David.

— David, David — susurró sin obtener ninguna respuesta del ángel.

— ¡David! — intentó nuevamente, ahora gritando, agitado.

Sintiéndose impotente y desesperado, Abraham explotó en llanto.

— No te vayas, por favor, regresa. Perdóname, por favor, te lo ruego. No te lo lleves. Dios, te lo suplico.

Se dejó caer sobre los peldaños, dobló sus brazos y hundió su cabeza en ellos, y siguió llorando como no lo había hecho nunca.

Lloró. Lloró hasta perder el control del tiempo. No sabía si había llorado por minutos o días.

De pronto, sintió una mano en su hombro. Asustado, levanto la cabeza. Era un ángel que descendía. Tenía la misma expresión que David. Tal vez era David que descendía.

...soñó con una escalera apoyada en tierra, y cuya cima tocaba los cielos, y he aquí que los ángeles de Dios subían y bajaban por ella.

Subían y bajaban. Subían y bajaban. Subían primero y luego bajaban. David regresaría. El ángel mantenía la mano en el hombro. Entonces dijo:

— Señor, despiértese.

A duras penas, Abraham levantó la cabeza, y cuando la intensa luz se lo permitió, pudo identificar al policía que intentaba hace largo rato despertarlo, apuntándolo en la cara con la luz intensa de una linterna.

— Disculpe señor, pero vamos a tener que llevarlo a la comisaría.

Despertó Jacob de su sueño y dijo: "¡Así pues, está Yahveh en este lugar y yo no lo sabía!"

Y asustado dijo: "¡Qué temible es este lugar! ¡Esto no es otra cosa sino la casa de Dios y la puerta del cielo!"

De camino a la comisaría, Abraham trataba de digerir lo ocurrido en las últimas horas. "La puerta del Cielo". Cualquiera que haya vivido la tragedia extrema, en algún momento de su vida, se ha visto frente a las puertas del cielo. Al verlas cerradas, algunos optan por alejarse. Otros, deciden empujarlas y entrar.

Esa misma noche, gracias a la intervención oportuna de Max, Abraham fue dejado en libertad.

2:8 Víspera de *Yom Kipur*. Ya había pasado casi un mes desde la desaparición física de David y Debbie.

Lea había cocinado la misma cena que por años acostumbraban a comer en preparación para el ayuno: una sopa de verduras sin sal, para no provocar la sed, y un pollo al horno con papas. Como en todas las comidas del último mes, la cena transcurría en absoluto silencio. Abraham lo rompió golpeando fuertemente la mesa con la palma de la mano.

— ¿A quién quiero engañar? ¡Qué ayuno tan hipócrita y ridículo!

— ¡Abraham! — gritó Lea, señalándole a Dana con los ojos.

Abraham siguió comiendo a regañadientes, pero sin cambiar de opinión.

— ¿Por qué ayunamos? — pregunto Dana, inocentemente.

— Para pedir perdón a Dios por nuestros pecados — dijo Abraham en tono burlón.

— ¡Pareces un bebé! — le susurró Lea enérgicamente.

— ¿Qué es un pecado?

— Es una mala acción — Lea se apresuró a contestar, para evitar la intervención de Abraham — Cuando nos portamos mal, cuando le hacemos daño a alguien...

— Cuando eres un mal padre, cuando no eres capaz de escuchar ni a tu propio hijo — interrumpió Abraham, golpeando la mesa repetidamente con el puño, como enumerando una lista de pecados — cuando actúas en contra de tus principios, cuando te entrometes en la vida de alguien y lo atormentas, cuando...

Abraham dejó caer la cabeza sobre la mesa y lloró.

La Nana, que observaba desde cerca, se apresuró a levantar a Dana de la mesa y se la llevó a la cocina a comer el postre, mientras Lea trataba inútilmente de consolar a Abraham.

— ¿Por qué te culpas? ¿Qué pudiste haber hecho diferente?

— Empezando por no hacerle el *Brit Milá* como originalmente pensé. ¿Por qué circuncidarlo e imponerle una religión? ¿Por qué no enseñarle todas las opciones y que él mismo elija?

— Estamos peor que lo que pensaba; pero ahora que lo mencionas, qué ceremonia tan bonita. David estaba precioso. Y tu cara, pagaría lo que sea por volver a ver esa expresión...

Raquel estaba sentada en un pequeño cuarto alejado del salón donde esperaba el Mohel, el rabino encargado de la circuncisión. Mecía al recién nacido David, tratando de consolarlo de una agonía que solo ella sentía.

Abraham, por otro lado, había bebido lo suficiente, o tal vez un poco de más, para poder aparentar tranquilidad.

Se cuenta que el profeta Elías hizo un comentario irónico sobre la continuidad del pueblo judío, por lo que Dios lo castiga y obliga a presenciar y ser testigo de todas y cada una de las circuncisiones, generación tras generación, por el pasar de los siglos. La circuncisión, momento en el cual Abraham, el patriarca, sella su pacto con Dios, se lleva a cabo en la silla destinada al profeta Elías.

Abraham estaba sentado en la silla del profeta, que por tradición debería estar ocupada por su padre, el rabino Rosenthal. En pocos minutos sujetaría al pequeño bebé, para permitirle a las gruesas y expertas manos del Mohel realizar su intervención quirúrgica, al nivel del más experimentado cirujano.

Sin contar a los homenajeados, el resto de la fiesta: amigos de la familia, vecinos, colegas, eran solo alegría.

El corazón de Abraham empezaba a latir más fuerte y más rápido. El momento se acercaba.

Lea recogió a David de los brazos de Raquel dándole un beso en la frente.

— Todo va a estar bien — le dijo suavemente al oído — ¿Sabes cuántos han pasado por sus manos? ¡Muchos más de los que han pasado por las nuestras!

El comentario, cargado con la inyección de humor típica de la familia Rosenthal en momentos de tensión, ayudó a Raquel a relajar un poco sus nervios.

— Lo sé — contestó. — Pero no puedo dejar de preocuparme. Déjame darle otro beso.

Raquel lo besó y le susurró un cálido "te quiero" al oído.

Lea caminaba lentamente hacia el trono, pasando entre la multitud. Cuando se encontraba a escasos pasos de Abraham, notó cómo su hermano aguantaba inútilmente las ganas de llorar, y se descubrió que ella misma estaba llorando. Las mujeres se habían aglomerado en la parte de atrás del salón, asegurándose que no pudieran ver nada, y dando así espacio a los hombres para que se agruparan todos al frente, y acompañaran al rabino cantando a viva voz, casi gritando, las bendiciones y melodías de la ceremonia, pero asegurando así también que no podrían alcanzar nunca a ver nada de la acción.

Cuando extendió los brazos para entregarle al niño, la expresión de Abraham se congeló.

Lea no había presenciado muchas circuncisiones de cerca, normalmente estaba en la parte trasera del salón contribuyendo al "cacareo", por lo que la expresión de Abraham le pareció natural y coherente con el momento que precedía.

Cuando Abraham, ya con David en brazos, se paró de la silla, empezó a sospechar que el acto se salía de la rutina. Sintió una mano pesada en su hombro y se arrimó, dando paso a su padre, que, sin palabras, tomó su puesto en la silla. Abraham le entregó a su nieto y presenció desde la primera fila una de las ceremonias más bellas y emocionantes de la tradición judía.

"Zehu kisé Eliahu Hanaví..."

"Esta es la silla de Eliahu, el Profeta..."

El rabino operó magistralmente.

Cuando le llegó el turno, Abraham recitó de memoria entre lágrimas:

"Baruj Atá Adonai, Elohenu Mélej haolam, asher kideshanu bemitsvotav vetsivanu leajnisó bivritó shel Abraham Avinu".

"Bendito eres tú, oh Eterno, Dios nuestro, Rey del Universo, que nos santificaste con tus mandamientos y nos ordenaste introducir nuestros hijos al pacto de Abraham, nuestro patriarca".

"Baruj Atá Adonai, Elohenu Mélej haolam, shehejeyanu, vekiyemanu, vehiguianu lazemán hazé".

"Bendito eres tú, oh Eterno, Dios nuestro, Rey del Universo, que nos conservaste en vida, nos amparaste y nos hiciste llegar a este momento".

Ese día se olvidó el pasado, solo hubo abrazos, lágrimas y risas.

2:9 Noche de *Yom Kipur*. Se acercaba la hora de la *Ne'ilá*, el último rezo que sentencia el final del ayuno con el largo sonido producido por el *shofar*. La sinagoga, como siempre a esa hora y en ese día, estaba llena desde la primera hasta la última fila. No cabía un alma. El *jazán*, que acompañaba al rabino con su canto, entonaba majestuosamente la melodía que llenaba los pocos espacios de aire que quedaban en el recinto. El resto de la congregación se limitaba a responder Amén, autorizándole al cantor continuar con el siguiente verso.

De pronto, desde la última fila, comenzó un murmullo que viajó hasta el frente del auditorio a una velocidad impresionante, acompañado del voltear de las cabezas, como evocando el desfile de una novia por la pasarela.

Pero la "novia", en este caso, era el hijo del gran rabino Rosenthal, vestido, si a *eso* se le podía llamar vestido, con shorts, sandalias y una camisa no completamente abrochada, mitad por dentro del pantalón, mitad por fuera.

El contraste de su aspecto hawaiano entre los centenares de abrigos negros hubiera sido suficiente shock para la reacción de la multitud, pero fue definitivamente el sándwich a medio camino en una mano y la cerveza en la otra, lo que ocasionó la reacción en cadena.

Abraham siguió caminando hasta llegar prácticamente al altar, donde se encontraban el rabino y el cantor. Un silencio ensordecedor se había hecho espacio entre los murmullos. Solo se oía el masticar de una mandíbula de rumiante.

— ¿Gustan? — preguntó, mientras masticaba con la boca abierta llena de comida.

Uno de los miembros de la junta directiva de la congregación decidió acercarse para intentar evitar un escándalo.

El sexagenario apoyó suavemente las manos sobre sus hombros, cuando Abraham se volteó tan bruscamente, que el señor tuvo que retroceder para evitar caerse. Y ese breve encuentro bastó para hacer notar a todos que Abraham se encontraba completamente intoxicado.

— ¡¿Acaso no tengo derecho a recibir apoyo y consejo de nuestro líder espiritual?! — gritó desafiante.

Desde atrás, el viejo le hizo al rabino una seña, acercándose el dedo pulgar a la boca, indicándole su estado de embriaguez.

— Por favor, Abraham — dijo el rabino, tratando de aparentar calma — Estoy a la orden para escucharte, pero no es el momento. Estamos finalizando el servicio; si deseas unirte, estás bienvenido.

— ¿Qué mejor momento que éste? El Día del Perdón. Los cielos están abiertos, y aunque no lo hayas notado, necesito ayuda.

— Por favor, Abraham, toma asiento, y hablaremos al finalizar el servicio — dijo el rabino, empezando a impacientarse.

— ¡Tiene que ser YA!

En ese momento, dos miembros jóvenes de la junta, cansados de la escena que presenciaban, se dispusieron a tomar a Abraham a la fuerza para obligarlo a desalojar la sala, cuando los detuvo un ademán del rabino.

— Está bien. Déjenlo hablar. Salgamos de esto de una vez por todas. — y continuó, dirigiéndose a Abraham con cierto sarcasmo en la voz — ¿Qué se te ofrece?

— Me preguntaba... — comenzó Abraham con su típico tono de clases — si Dios creó al hombre a su imagen y semejanza, ¿por qué hay tanta maldad en el mundo? Deja mucho que desear sobre Él, ¿no es así?

— No te voy a permitir que conviertas mi sinagoga en uno de tus salones de clase.

— ¿Tú sinagoga? Pensé que era la casa de Dios.

— ¡Ya está bien! Es suficiente.

— No, justamente, no está bien. ¿Por qué destruyó la Torre de Babel? ¿Por qué no nos permitió llegar hasta él? ¿Tuvo miedo? ¿Acaso nos oculta algo?

— ¡SILENCIO! Te exijo que te retires, y que regreses cuando funcionen todos tus sentidos. Por favor, acompáñenlo a la salida.

— ¿Por qué no le pides a Él que abra la tierra y me trague, como hizo con Kóraj solo por cuestionarlo?

— Abraham, si tu fe ha sido afectada por lo que pasó con tu hijo, lo entiendo. — le dijo el rabino, en tono condescendiente; pero cambiando a un tono irónico agregó, tratando de poner fin a esta escena que se le iba de las manos: — Sin embargo, ¿no se te ha pasado por la mente, aunque sea por un instante, pensar que todo ha sido un castigo por lo que tú le hiciste a tu padre?

— Cómo te atreves, hijo de p...

Abraham sintió cómo una mano lo amordazaba y otras tres lo retenían, arrastrándolo hacia fuera del salón. Una vez afuera, Abraham fue lanzado dentro de un taxi, cuyo conductor recibió instrucciones de llevarlo directo a su casa. Durante todo el camino, Abraham lloró. El sonido del *shofar* retumbaba en su cabeza.

2:10 Cuando se sintió mejor, pidió al taxista que lo dejara caminar. Tuvo que imponerse ante la intransigencia del conductor, pero al final se salió con la suya.

Abraham caminaba por una calle oscura, cuando desde un callejón lateral, escuchó:

— ¿Quieres divertirte, "bombón"?

Volteó y vio a dos prostitutas recostadas de la pared fumando un cigarrillo. Observó a la primera de arriba abajo. Llevaba exceso de maquillaje, una camisa de seda morada con los botones a punto de explotar, unos tacones altos y una minifalda de cuero que no dejaba mucho a la imaginación.

El estado en que se encontraba lo hizo dudar por un instante, pero optó por seguir caminando. Cuando se alejaba, volteó la mirada un instante para observar a las dos besándose apasionadamente, mientras la primera subía lentamente la mano por la entrepierna de la segunda, arrancándole un gemido casi animal.

Entonces Jehová le dijo: Por cuanto el clamor de Sodoma y Gomorra se aumenta más y más, y el pecado de ellos se ha agravado en extremo,

Descenderé ahora, y veré si han consumado su obra según el clamor que ha venido hasta mí; y si no, saberlo he.

Y apartáronse de allí los varones, y fueron hacia Sodoma: mas Abraham estaba aún delante de Jehová.

Y acercóse Abraham y dijo: ¿Destruirás también al justo con el impío?

Quizá hay cincuenta justos dentro de la ciudad: ¿destruirás también y no perdonarás al lugar por cincuenta justos que estén dentro de él?

Lejos de ti el hacer tal, que hagas morir al justo con el impío y que sea el justo tratado como el impío; nunca tal hagas. El juez de toda la tierra, ¿no ha de hacer lo que es justo?

Entonces respondió Jehová: Si hallare en Sodoma cincuenta justos dentro de la ciudad, perdonaré a todo este lugar por amor de ellos.

Abraham continuó su camino, pero el ambiente no mejoraba. Dos callejones más adelante, notó a dos hombres; esos "hombres" de trece años que habitan en las calles, aspirando sendos porros de marihuana. Uno de los muchachos, al notar su presencia, se dirigió a él:

— ¿Qué pasó, anciano? ¿Quieres un poco?

Otra vez dudó, pensó que no le vendría mal un poco de "escape de la realidad", pero una vez más siguió su camino, sin caer en la tentación.

Y dijeron los varones a Lot: ¿Tienes aquí alguno más? Yernos, y tus hijos y tus hijas, y todo lo que tienes en la ciudad, sácalo de este lugar:

Porque vamos a destruir este lugar, por cuanto el clamor de ellos ha subido de punto delante de Jehová; por tanto Jehová nos ha enviado para destruirlo.

Entonces salió Lot, y habló a sus yernos, los que habían de tomar sus hijas, y les dijo: Levantaos, salid de este lugar; porque Jehová va a destruir esta ciudad. Mas pareció a sus yernos como que se burlaba.

Y al rayar el alba, los ángeles daban prisa a Lot, diciendo: Levántate, toma tu mujer, y tus dos hijas que se hallan aquí, porque no perezcas en el castigo de la ciudad.

Dos cuadras antes de llegar a su casa, escuchó tras de sí que un universo de violencia se desplegaba: el frenazo de unos carros acompañado de dos disparos secos; a continuación, una ráfaga de explosiones y una sirena de policía, como música de fondo. Por instinto, iba a voltear a presenciar la escena, pero algo le decía que no mirase hacia atrás. Finalmente, continuó su camino resignado sintiendo una especie de alivio por David, que finalmente descansaba en paz y estaba fuera de este mundo tan moralmente contaminado.

Entonces llovió Jehová sobre Sodoma y sobre Gomorra azufre y fuego de parte de Jehová desde los cielos;

Y destruyó las ciudades, y toda aquella llanura, con todos los moradores de aquellas ciudades, y el fruto de la tierra.

Entonces la mujer de Lot miró atrás, a espaldas de él, y se volvió estatua de sal.

2:11 Llegó el turno de Max. Si alguien era capaz de sacar a Abraham de este trance, era él.

Se acercó inseguro a la puerta y después de una pausa se decidió a tocar. Con el primer golpe, la puerta se abrió automáticamente. En el apartamento se respiraba una atmósfera tan densa que parecía como si hubiera que esforzarse para avanzar, como si hubiera que cortar el aire. Atravesó la cocina, donde consiguió material que hubiera sido útil para Alexander Fleming o Marie Curie. Continuó caminando.

Por fin entró a la sala y se encontró con Abraham explayado en el sofá, viendo televisión, hipnotizado.

— Justo lo que estaba buscando — comentó Max al ver el comercial en la televisión —No sé cómo he podido vivir hasta ahora sin un "Reductor de abdomen plegable".

Abraham apenas volteó la cabeza y levantó una ceja a manera de saludo.

—¿Eso es todo lo que recibo después de tantos años de amistad, una ceja levantada a medio camino?

Max se sentó en la poltrona de cuero junto a Abraham. Se inclinó hacia la mesa de centro y tomó una de las papas fritas bañadas en queso. Lo sorprendió la fuerza que tuvo que hacer para despegarla de la sustancia viscosa en la que se encontraba envuelta. Optó por no seguir investigando y dejó las cosas como estaban.

Irrumpió con uno de sus chistes.

No hubo reacción alguna de parte de Abraham, pero no se dio por vencido.

Intentó con otro, y como obtuvo un asomo de sonrisa, decidió continuar:

"Había un grupo de cuarenta monjas que esperaban para confesarse. Pasa la monja número uno, y le dice al sacerdote:

—Padre, me he reído en misa.

La monja número dos dice lo mismo, y así sucesivamente hasta llegar a la monja número treinta, quien confiesa lo mismo.

Al llegar finalmente a la última monja, el sacerdote le dice: "Ya sé hermana, se ha reído en misa".

Y ella le contesta:

—¡No padre, yo fui la del pedo!

Los colores regresaban a la cara de Abraham. Por primera vez en semanas, se le escuchó una risa. Max prosiguió con su mejor repertorio. Poco a poco, Abraham fue entrando en el juego de su amigo. Ya no luchaba contra la risa, más bien la dejaba salir. Max sabía que no podía perder este instante, así que siguió:

"Una monja que llevaba varios días con hipo, va al médico para que le solucione el problema. El galeno, luego de examinarla, le dice:

— "Hermana, lo que usted tiene es que está embarazada".

La monjita, horrorizada, sale despavorida del consultorio y a la hora el médico recibe una llamada de la madre superiora del convento:

— "Oiga Doctor, ¿qué es lo que usted le ha dicho a Sor Gertrudis?"

— "Bueno, madre superiora, solo le quise dar un susto para que se le quite el hipo... y se le quitó ¿verdad?"

La Madre Superiora le responde:

"Sí, a la hermana Gertrudis se le ha quitado el hipo... ¡pero el padre Miguel se acaba de lanzar desde el campanario!"

A estas alturas, Abraham ya no podía más de la risa; siguió riendo hasta que cayó al piso, sujetándose la barriga por el dolor que le causaba la risa. Pero Max continuaba:

Una amiga le dice a otra:

— Cuéntame ¿cómo te fue en la noche de bodas?

— Pues mal.

— ¿Por qué?

— Es que cuando le dije a Juan que era virgen, el estúpido se hincó y se puso a rezar.

Abraham no podía parar de reír.

— En el confesionario: — siguió Max.

—Padre, me acuso de haberme acostado con el cura de la iglesia de enfrente.

—Está bien, hija, reza un par de padrenuestros... pero la próxima vez, recuerda que ¡ésta es tu parroquia!

Max hizo un esfuerzo para ayudarlo a pararse mientras Abraham seguía riendo, cuando alcanzó a reincorporarlo, lo abrazó. Max no pudo notar en qué momento la risa se convirtió en llanto. Sonrió, había logrado su objetivo. Ahora era el momento de hablar cara a cara.

— Vamos amigo, salgamos a caminar un rato, ya pasó suficiente tiempo. Recuerda Génesis 51:10: "Allí José hizo duelo por su padre durante siete días."

— Primero, fue duelo por su padre, que aunque duela, es muy diferente — se descubrió Abraham respondiendo — y segundo, fue Génesis 50:10, no 51:10.

— Te entiendo, pero debes salir de aquí. Acompáñame a un café.

— Está bien, pero solo a un café.

— Nunca me dejará de sorprender tu memoria — decía Max, mientras disfrutaba el triunfo por haber arrancado a Abraham del sofá — ¡Qué memoria prodigiosa!

— *"Con el sudor de tu rostro comerás el pan, hasta que vuelvas a la tierra, porque de ella fuiste tomado; pues polvo eres y al polvo volverás"*

— *Génesis 3:19* — respondió inmediatamente el Rabino Rosenthal — *"Y consoló David a Betsabé su mujer, y llegándose a ella durmió con ella; y ella le dio a luz un hijo, y llamó su nombre Salomón, el cual amó a Jehová"*

— *Muy fácil: Samuel 12:24. Ahora yo* — contestaba Abrémele *orgulloso. Estos eran los únicos momentos de juego permitidos entre Abrémele y su papá. Jugaban desde que tenía cinco años. Ahora a los quince, con menos frecuencia, de vez en cuando se retaban* — *"Y todo diezmo de vacas o de ovejas, de todo lo que pasa bajo la vara, el diezmo será consagrado a Jehová".*

— Levítico 27:32. Basta por ahora, a dormir.

— Una más, por favor.

— Está bien, pero es la última. "Un día vinieron a presentarse delante de Jehová los hijos de Dios, entre los cuales vino también Satanás" — dijo el Rabino.

— Job 1:6. "Y él, despertando, tomó de noche al niño y a su madre, y se fue a Egipto".

— Hmmmm… — dudaba el Rabino — A ver, dímelo otra vez.

— "Y él, despertando, tomó de noche al niño y a su madre, y se fue a Egipto".

— No estoy seguro, ¿Éxodo 2:10?

— No.

— Entonces debe ser Éxodo 2:11. Es el nacimiento de Moisés ¿no?

— No.

— Entonces, me rindo.

— Mateo 2:14, Nuevo Testamento — le contestó Abraham, retador, e inmediatamente puso su mejilla, lista para recibir la cachetada que no se hizo esperar. Pero nadie le quitaría la satisfacción de haber ganado.

2:12 — Abraham, — dijo Lea — linda escena la que hiciste el otro día en la sinagoga.

Abraham bajó la cabeza como niño regañado.

— Creo que es momento que hagas algo; tienes 50 años, no puedes encerrarte a morir en tu casa. No te estoy pidiendo que olvides, no te estoy pidiendo que estés lleno de júbilo, simplemente haz algo, búscate alguna ocupación.

— Ya te he dicho mil veces que estoy bien, que necesito tomarme un tiempo.

—Fue un accidente, no fue tu culpa ¿Cómo quieres que te lo explique?

—Pero… todo lo que profesé toda mi vida, todo lo que critiqué a Papá, inclusive después de muerto. ¿Cómo pude ser tan ciego?

—Sabes… en estos últimos días se me ocurrió una idea —continuó Lea— Me ha estado dando vueltas en la cabeza desde hace un tiempo. Yosi tiene una excelente oferta de trabajo, pero es en San Diego. Me propuso que lo acompañe…

—¿Cómo? ¿San Diego? ¿Pero, qué piensas hacer con el orfanato? ¿Y Yosi? ¿Qué hay de Yosi? ¿Se van a casar?

—Toda mi vida la he dedicado a servir a los demás, primero a Papá y después al orfanato. Decidí que es hora que me ocupe de mí un poco. Con respecto al orfanato, estaba pensando que no son muchos niños, creo que es una oportunidad excelente para ti. Siempre te han encantado los niños, tienes un don especial para enseñar. Además, el sitio es alejado de la ciudad, prácticamente aislado, nadie te va a molestar.

—Imposible. Ya no tengo la fuerza necesaria, los niños necesitan alguien como tú: alegre, paciente, enérgico; no a un viejo amargado como yo.

—Escúchate. Hasta hace solamente ocho meses eras el profesor más popular del colegio, ir a tus clases era como escuchar a Robin Williams en Broadway. Los niños te van a devolver lo que tanto te hace falta en este momento, y tú eres exactamente lo que ellos necesitan. Los niños te aman. Prométeme que lo vas a pensar. Por favor, hazlo por Dana.

—Está bien, está bien… lo voy a pensar —dijo Abraham, más con ánimo de terminar la conversación que por aceptar la oferta.

2:13 Esa noche, como la mayoría de las anteriores en los últimos meses, Abraham fue a Mike's a sumergirse en su pecera etílica.

Sin darse cuenta, entre frase y frase, siguió tomando hasta que su cuerpo ingirió más de lo que su mente podía tolerar. De repente, con un movimiento brusco del brazo, barrió una sección de la barra, que preparó como escenario. Seguidamente, y con ayuda del taburete y el hombro del desconocido que se encontraba a su lado, logró encaramarse al mismo y de inmediato comenzó:

— Hay algo que tengo que decirles, y les pido que me presten atención…

— ¡Oh, no! ¡No otra vez, Abe! — gritó uno.

— Déjenlo hablar — defendió otro — desde que Abraham nos acompaña he aprendido más que en todos mis años en la universidad.

— El haber trabajado diez años como encargado de mantenimiento no cuenta como "años universitarios"— dijo Mike.

Acto seguido, se escuchó una carcajada general en el bar.

— Bueno, bueno, silencio, vamos a escuchar qué tiene que decirnos hoy El Profe.

Para cualquiera que hubiera entrado en este momento, le habría parecido una cátedra del profesor Rosenthal con la única diferencia que el público parecía más una sociedad de Alcohólicos Anónimos que un aula de clases. Abraham continuó:

— A lo largo de la historia, hemos visto como la religión se ha ido malinterpretando por los que la practican, convirtiendo sus principios básicos en argumentos para realizar acciones poco creíbles por cualquier cerebro con el mínimo de raciocinio. Basta nombrar ejemplos como la inquisición, el holocausto, el atentado a las torres gemelas, y así nos podríamos quedar todo la noche nombrando uno tras otro. Ahora, me gustaría analizar con ustedes, ¿qué dio origen a las diferentes religiones? Vamos a analizarlas una por una, vamos a tratar de resumir el origen de cada una a lo más en un par de líneas, como si se tratase de titulares del periódico.

Aquí hizo una pausa, tomó un trago y continuó:

— Vamos a empezar con el judaísmo. Mi padre, Dios lo tenga en su gloria, se debe estar revolcando en la tumba en este momento. Imagínense qué pensarían ustedes si escucharan el siguiente titular en las noticias de las diez: "Hombre destroza todos los ídolos del almacén de su padre porque dice haber escuchado a Dios". Siempre me ha fascinado esa historia. Abraham, patriarca por excelencia del judaísmo, cristianismo e islamismo, decide por inspiración divina, comenzar una nueva vida y una nueva religión, tornándose súbitamente en contra de su familia, de sus amigos, de su educación; todo por haber escuchado una voz, o soñado despierto, como lo quieran llamar. Hoy en día, probablemente lo referirían a una o dos sesiones semanales de terapia y le recetarían una buena dosis de medicamentos. Pasemos al segundo, el Cristianismo: "Judío que irrumpe en el templo, dice ser hijo de Dios". Vaya, si al primero a lo mejor lo salvábamos con terapia, éste no se salva de la camisa de fuerza. Vamos a poner otro ejemplo: "Madre embarazada asegura no haber tenido relaciones sexuales". ¿Cuántos aquí son padres? — preguntó, volteando hacia su público.

Gran parte de la audiencia levantó la mano como si fuera un salón de escuela primaria.

— Ok ¿Cuántos le hubieran aceptado a su hija, parada frente a ustedes, con una barrigota, diciéndoles que ella no hizo nada, que fue concepción divina?

— ¡Yo la mato! — gritó uno desde el fondo.

— ¡Cállate! — le respondió Abraham — Si tu hija hubiera tenido relaciones sexuales, eso sí que hubiese sido un milagro.

A lo que se escuchó otra carcajada.

¿Y qué hay de los dioses griegos, de los egipcios o de los romanos de la antigüedad? Esos sí eran reales — dijo irónicamente — Zeus, el dios del trueno, Poseidón, el dios del mar, Hefesto, el dios del fuego. Más que dioses, parece la liga de la justicia, o una banda de superhéroes. Por otro lado, basta con revisar las condiciones en las que nacieron, vivieron y murieron los líderes de las diferentes religiones, para descubrir impresionantes coincidencias, o bien muy poca imaginación por parte de los autores.

"Moisés es salvado de una muerte segura en manos del Faraón, al ser puesto en el río en una cesta que, empujada por peces y ranas, es llevada a orillas del palacio, donde es rescatado por la realeza egipcia. Ya adulto, es "despertado", y al reconocer su condición, escapa al desierto para encontrarse a sí mismo y a Dios; tras lo cual regresa con poderes sobrenaturales que utiliza para rescatar a su pueblo. Finalmente muere sin poder entrar a la tierra prometida".

"Jesús, en su nacimiento, es ocultado de una muerte segura bajo el yugo de Herodes. Ya adulto, escapa al desierto a encontrarse a sí mismo y a Dios, para entonces el mismo Dios que se encontró Moisés, para luego volver con poderes y milagros a rescatar a sus seguidores y a morir por ellos".

"¿Mahoma? Lo mismo, pero él decide huir a la montaña para variar. En resumidas cuentas, ¿qué tenemos? Los pilares de las religiones más populares son mucho más débiles que la estructura que soportan. Las religiones, hoy en día, han creado instituciones que podrían formar parte de la revista *Fortune*, ¿basadas en qué? Imagínense cuál sería la reacción de la gente hoy en día, si alguien proclamara haber escuchado a Dios, o se considerara a sí mismo Dios".

"Creo que es momento de inventar una nueva religión adaptada a los valores actuales. ¿Cuántos aquí le rezan al sol? En la antigüedad, los egipcios adoraban al Dios Sol, los romanos también. Hoy en día, nadie ni siquiera lo consideraría. ¿Quién sabe? En el futuro, e inclusive hoy en día, ya la gente se burla de nuestras creencias. La respuesta a la existencia de Dios, está en la historia misma".

Abraham hizo un silencio, que acompañó con una pequeña reverencia.

Desde la audiencia se escucharon hurras mezcladas con aplausos.

— ¿Cómo sería el mundo si no existiera la religión? — preguntó uno sentado en la barra sin voltear su mirada de la jarra de cerveza.

— ¿Un mundo sin religión? — Preguntó Abraham — Eso sería imposib...

La mirada de Abraham se perdió en el infinito, sus ojos recobraron de repente el brillo que acostumbraban tener. Inmediatamente le empezaron a aparecer ante sí imágenes a una velocidad impresionante: la circuncisión de David, su *Bar Mitzvá*, él estudiando Torá con su papá, el accidente de David y Debbie, el orfanato "prácticamente aislado"... La imagen del orfanato quedó fija por unos instantes en la mente de Abraham; bajó lentamente de la barra, sacó el primer billete que encontró en el bolsillo y pagó la cuenta con el doble de lo necesario.

Salió del bar camino a la casa, sin siquiera despedirse; su mente trabajaba a velocidad del rayo. ¿Cómo no se le ocurrió antes? Un mundo sin religión, es perfecto.

En ese momento, fue consciente que había abandonado aquel bar para siempre.

2:14 Lea no podía creer lo que estaba escuchando.

— ¿Qué te hizo cambiar de parecer tan bruscamente?

— Simplemente me di cuenta que tenías razón. Es hora de hacer algo en mi vida, y debo hacerlo ya.

2:15 La mente de Abraham seguía trabajando: La muestra era perfecta, un grupo de niños aislados del mundo, lo suficientemente pequeños como para no estar aún "contaminados". No había un minuto que perder, habría que empezar el papeleo de inmediato. Se llevaría a la Nana, para que siguiera cuidando a Dana, y para ayudarlo con la cocina. Él se encargaría de la educación. Un mundo sin religión, un mundo en el que Debbie y David estarían todavía con él, un mundo perfecto.

2:16 Abraham se levantó como para un día de trabajo rutinario, se duchó, se recortó la barba y bajó a preparar desayuno. Algo había empezado a cambiar en su existencia. Sentía renacer su energía vital. Había conseguido una razón para vivir.

Lea pasó a buscarlo para ir juntos al orfanato. Una vez ahí, reunió a los veintisiete niños y les comentó:

— Tengo dos noticias que darles, una buena y una mala. Voy a comenzar por la buena. Todo parece indicar que, después de tanto esperarlo, conocí a mi príncipe azul, y hemos decidido casarnos.

La reacción inmediata de las niñas fue una sonrisa como si estuvieran viendo La Cenicienta, mientras que los niños pusieron una cara de asco creyendo que ésta era la mala noticia. ¿Cuál podía ser peor, acaso?

— Y la mala noticia, — continuó — es que nos vamos a vivir a San

Diego.

— Yo no quiero ir a San Diego — dijo Nicole.

Nicole era la más pequeña del grupo, parecía sacada de un cuento de hadas.

— No, boba. — Saltó Miguel — se van ellos solos, nosotros no estamos invitados.

A raíz de este comentario, se perdió el control del grupo por completo; unos lloraban, otros gritaban, otros corrían alrededor del salón. Abraham se paró en el centro del salón, titubeó dos minutos y comenzó, con su voz gruesa y su tono hipnótico, a calmar a los niños con un cuento. Al terminar, se despidieron y salieron del salón.

Inmediatamente, Abraham se asomó por la puerta y les susurró a todos como en secreto:

— ¡Tenemos una semana para organizarle una fiesta de despedida de la que nunca se olvide!

El cerrar de la puerta apaciguó los gritos de alegría que se escuchaban desde adentro.

2:17 Era ahora el turno de la Nana. Había decidido hacerla parte de su proyecto, por lo menos en una primera etapa.

— Voy a hacerme cargo del orfanato y necesito tu ayuda — le dijo Abraham, sin rodeos.

— ¿Del orfanato?

Abraham la puso al tanto de todo, y le explicó lo que podía representar para él este cambio, precisamente en este momento de su vida.

— Okey, pero solo temporalmente — dijo la Nana, con una sonrisa compasiva.

Los dos sabían lo que significaba "temporalmente".

2:18 Abraham comenzó a empacar sus cosas. Cuando llegó al bolso donde estaba el *talit*, sus *tefilín* y el libro de rezos, por primera vez vaciló.

2:19 Todo estaba listo para la despedida. El comedor estaba decorado con dibujos infantiles y habían vestido a los niños con sus mejores ropas. Había comida, música y todo lo necesario para una gran fiesta; pero, a pesar de los esfuerzos por disfrazarlo, se respiraba una profunda tristeza en el ambiente.

Por fin llegó el momento de la presentación que habían preparado los niños. Lea se sentó al lado de Abraham, en frente de lo que parecía una especie de escenario.

Se acomodaron todas las niñas en una fila y los niños hicieron lo mismo tras ellas para entonar una canción de despedida.

Cuando Lea se estaba limpiando las lágrimas con la tercera servilleta, se le acercó Gabriela y le entregó una caja envuelta en papel de regalo.

Inmediatamente todos los niños empezaron a gritar a coro: ¡Que lo abra, que lo abra!

Los ojos de Lea brillaban de emoción al ver el álbum que le habían preparado, un pequeño libro que reunía fotos de cada uno de los niños, entremezcladas con dibujos de este grupo que difícilmente la olvidaría.

Entonces Nicole sacó de su bolsillo un papel redoblado, de donde leyó una poesía que decía así:

"Somos nosotros tus niños
y tú eres nuestra mamá.
Ahora te tienes que ir,

pero nos dejas un papá.

Ahora te vas a San Diego
porque te vas a casar.
Debes estar muy contenta,
pero yo quiero llorar.

Solo una cosa te pido,
no me vayas a olvidar:
y cuando quieras un hijo,
por fa, me vienes a buscar."

Al finalizar el poema, todos los niños se aglomeraron alrededor de Lea y la abrazaron con fuerza. Las risas se mezclaban con el llanto. Fue un momento inolvidable para Lea. La decisión no era fácil, pero ella sabía que ya era hora de partir.

"Querido Max, hermano mío:
Sé que soy un cobarde al escribirte y no enfrentarme cara a cara, pero estoy muy débil y probablemente no pueda soportar tu mirada.
Me voy de viaje, un viaje muy largo. Un viaje de cuerpo y alma. Necesito un tiempo para reconstruir lo que se derrumbó.
Escapo como Moisés y Jesús escaparon al desierto, escapo como Mahoma. Algo se está transformando dentro de mí y necesito entenderlo, asimilarlo, digerirlo.
Moisés se topó con una zarza ardiendo y vio a Dios. Yo, en su lugar, probablemente le hubiera echado un balde de agua.

¡Qué ironía! ¿No?

El hijo del gran rabino Rosenthal no reconocería a Dios, ni aunque Él mismo le tocara la puerta.

No te digo adónde voy, porque ni yo mismo lo sé. Pero sé de dónde me voy. Me alejo de estas cuatro paredes que guardan recuerdos de los mejores años de mi vida. Es más fuerte de lo que puedo soportar.

Dejo un hogar donde no hace mucho ardía una llama capaz de propagar el fuego como un incendio forestal, pero que ahora se apaga. Sé que la brasa ardiendo sigue ahí, pero necesita del viento del desierto para avivarla nuevamente. El encierro entre estas cuatro paredes la ahoga, debo salir antes de que se consuma completamente.

Nos valdremos de este invento maravilloso del siglo XXI para comunicarnos, donde solo estaré a un clic de distancia.

Me voy, hermano, me voy. No sé adónde, ni por cuánto tiempo, lo único que sé, es que necesito salir de aquí.

No a Dios, ni mucho menos adiós,

solo hasta luego.

Te quiere,

Abraham"

2:20 Cualquiera hubiera podido acostumbrarse a vivir en la hacienda Milagro. Esta, constaba de dos pequeñas pero bien distribuidas edificaciones de un piso y de una casa, que Abraham había designado para él. En el primer edificio se encontraba un comedor con una cocina lo suficientemente grande para prepararle comida a un batallón, en ese mismo edificio había una sala de juegos dotada de cualquier juguete que un niño podía desear y una biblioteca.

Lea había hecho un excelente trabajo al conseguir donaciones y aprovechar hasta el último recurso. Atravesando una cancha de fútbol y otra de básquetbol, se encontraba el segundo edificio donde estaban ubicados los dormitorios. Dos grandes dormitorios que habían sido divididos, uno para las niñas y el otro para los niños. Detrás de este último edificio había una laguna rodeada de terreno silvestre, salvo un área que habían habilitado para acampar, un terreno limpio de maleza, donde habían instalado columpios, una parrillera hecha de piedras y varias mesas de madera.

La transición de la gestión Abraham-Lea fue manejada sutilmente. Pasaron juntos las últimas semanas de Lea en el orfanato. Abraham había decidido mantener la misma rutina que Lea había implementado: Unas horas de clases en la mañana: historia, matemática y geografía, y unas horas en la tarde, tratando de seguir el mismo programa escolar. El resto del tiempo en la mañana era para realizar algún deporte. En la tarde tenían tiempo para jugar y preparar las asignaciones pendientes.

2:21 Max, en su oficina, se preparaba para las clases del viernes cuando interrumpió unos minutos para revisar su correo electrónico.

Saltó disparado de su asiento cuando leyó la nota de su amigo, y corrió al estacionamiento. Se dirigió, tan rápido como pudo, a la casa de Abraham. En el camino, lo llamaba por su teléfono celular. En el teléfono de la casa y en el celular de Abraham, obtuvo la misma respuesta: *Gracias por llamar a la oficina celestial... Por favor seleccione una de las siguientes opciones: Presione 1 para "peticiones"...*

En ninguna de las dos ocasiones le permitió a la grabadora, terminar el mensaje.

Llegó a la casa, se bajó del carro y tocó el timbre, pero ya sabía la respuesta. Era demasiado tarde.

Manejó resignado de regreso a la universidad. A lo largo del recorrido, recordaba a Abraham desde el primer día que lo conoció en el callejón de la *Yeshivá*. ¿A cuántos Abrahames había conocido antes? Este, sin duda alguna, era especial.

Se sentó en su escritorio, se conectó a Internet y contestó el correo, sintiendo el peso de sus dedos sobre cada tecla que marcaba.

"Amigo,

Joseph Roux dijo una vez: "A la persona que perdió un padre la llamamos huérfano y un viudo es aquel que perdió a su esposa. Pero, quien ha conocido la inmensa tristeza de perder un amigo, ¿cómo la llamamos? Es aquí donde todos los idiomas hacen silencio por su impotencia."

Quisiera serte de más ayuda en este momento, pero entiendo que lo que enfrentas actualmente debes resolverlo tú junto con el gran profesor Abraham Rosenthal y sus ancestros.

Sabes dónde encontrarme. Espero escuchar de ti pronto. Suerte.

Espero esto sea solo un "hasta luego".

Shalom... *En el más amplio sentido de la palabra,*

Max"

2:22 De todos los niños del orfanato, Gabriela fue la primera en acercarse a Dana, y desde ese momento se convirtieron en amigas inseparables. Dana puso la pecera de Ringo al lado de la cama que le asignaron.

— ¡Qué bonito! ¿Cómo se llama?

— Ringo — contestó Dana — es de mi hermano. Yo se lo estoy

cuidando.

— ¿Y dónde está tu hermano?

— Se fue de la casa con su novia. Mi papá dice que se fue por unos días nada más.

— ¿Se fue de la casa? ¿Está loco?

Sin prestarle mucha atención a la pregunta, empezaron a caminar a través de las camas mientras Gabriela le iba mostrando a cada una de las niñas, acompañando cada presentación con una breve descripción.

— Esta es Nicole, es la más pequeña de todas. Llora de noche porque le tiene miedo a la oscuridad.

— No es verdad — gritó Nicole — Lloro porque me gusta la luz, pero no nos dejan tenerla prendida.

Dana se acercó a Nicole y le dijo en secreto:

— Yo tengo una linternita que te puedo prestar.

A lo que Nicole correspondió con un abrazo que estrujó a Dana.

— Jessica — dijo Gabriela señalando a una niña con dos trenzas y bañada de pecas — En realidad no la conozco mucho, porque es muy penosa. Le gusta jugar con Nicole.

Ella es Raquel, sus padres murieron en un accidente hace solo dos meses, todavía no entiende qué hace aquí, llora todo el día abrazando a su oso de peluche. Su hermano mayor, Manuel, trata de consolarla, pero sin mucho éxito.

Dana se acercó sutilmente y le dijo:

— Mi mamá se llamaba Raquel.

No obtuvo respuesta.

— Es un osito muy bonito.

La respuesta fue la misma.

— Mi mamá era mi mejor amiga — intentó Dana nuevamente — pero ya no está aquí para jugar conmigo, así que tengo espacio para otra Raquel. ¿Quieres ser mi amiga?

Raquel volteó la cara hacia Dana, y se secó las lágrimas con una mano y luego asintió.

Dana y Gabriela continuaron con las presentaciones.

— Mi mamá se llamaba Lily — alcanzó a decir Raquel, justo antes de ponerse a llorar otra vez.

Dana correspondió con una sonrisa.

— Es un nombre muy bonito. Estoy segura que tienes mucho que contarme. ¿Te gustaría que hablemos un poco esta noche?

Raquel asintió con la cabeza, se limpiaba las lágrimas con el brazo, mientras aspiraba los mocos fuertemente.

Dana y Gabriela continuaron con las presentaciones.

— Esta es Emily — siguió Gabriela, y sin que Emily escuchara, le dijo — Debajo de su cama está lleno de chucherías, pero no se te ocurra agarrar ninguna, la última vez que Ricky le quitó una, lo empujó al piso y se sentó encima de él por tres horas. Solo de verla te imaginarás lo que le costó levantarse. No habla con nadie.

Nadie que conozca a Emily encontraría este cuento difícil de creer. Dana le ofreció una sonrisa que no fue correspondida. La breve introducción fue interrumpida por la llamada al comedor. Una vez todos sentados, Abraham se encargó de presentar formalmente a Dana al resto del grupo.

2:23 En el comedor, Gabriela siguió con la presentación de los varones, como si estuvieran en un mostrador.

— Ése que se está sirviendo la comida, es Javier. Es el más grande de todos. Todos le tienen miedo, pero en realidad, no le ha hecho mal a nadie. Creo que simplemente no le gusta tener amigos. El que está detrás es Rafa, a mí es el que más me gusta. Cuando se ríe se le hacen unos huequitos súper lindos en los cachetes. Esos tres de atrás son Ernesto y los gemelos. Yono, el de la derecha y Fui el que está a la izquierda, en realidad se llaman Carlos y Juan, pero todo el mundo los llama "Los gemelos Yonofuí". Son un desastre, no le hacen caso a nadie.

— Qué raro, parecen tan buenos — dijo Dana.

— No te dejes llevar por esas caritas de angelitos. Una vez encerraron a Lea en el baño; otra vez, atrajeron dos cochinitos hasta las chucherías de Emily; y te podría seguir contando "buenos recuerdos" por horas. Además, siempre se están tratando de escapar con Ernesto. Una vez lograron llegar hasta la esquina, pero Fernando, el vigilante, los agarró.

— Está bien, está bien. Tendré los ojos abiertos. Pero más les vale no meterse conmigo.

— El gordito es Walter, no para de comer. El de al lado es Ricky, ése es el que le quitó las chucherías a Emily, como te conté. Ese que está sentado en frente es Jorge...

— ¿Qué pasa con Jorge? — preguntó Dana, a raíz de la pausa que hizo Gabriela.

— Está muy enfermo. Tiene cáncer.

Dana no permitió que Gabriela continuara con el resto del grupo. Tomó su bandeja de comida y se fue a sentar junto a él.

— Hola, soy Dana. Soy nueva aquí.

— Ya lo noté, — dijo Jorge — no te sentarías aquí si no fueras nueva.

— ¿Por qué lo dices, acaso hueles mal? — dijo Dana y acercándose hizo ademán de olerlo como un perro.

Jorge se sonrojó y así se rompió esa barrera inicial que existe entre dos desconocidos.

— ¡Qué bonito prendedor! ¿Me dejas verlo?

— Claro — dijo Jorge mientras se lo sacaba y se lo entregaba a Dana — Es una cascabel. Era de mi mamá. Mi mamá era veterinaria y tenía fascinación por las culebras.

— Las culebras me dan un miedo horrible, pero si algún día me encuentro una, ya sé a quién llamar — dijo Dana mientras se paraba y le guiñaba un ojo.

Jorge se quedó mirándola, mientras ella se alejaba.

Al pasar de la primera semana, Dana ya era parte del grupo. Parecía que había compartido con ellos toda su vida.

Llamó Jehová a Moisés y habló con él desde el tabernáculo de reunión, diciendo...

3:1 Abraham había sugerido llevar un proyecto laboral paralelo a las clases y los deportes, con el fin de mejorar paulatinamente las instalaciones. Pintar las paredes, decorar el lobby, acondicionar el invernadero. Sugirió empezar arreglando el escenario que se encontraba en la gran sala junto al comedor. No requería mucho: unos clavos, limpieza, pintura y un telón nuevo. A los niños les entusiasmó la nueva empresa.

"Hermana querida,

Solo quería comentarte, que hiciste un trabajo maravilloso con estos niños. Se ve tu mano y tu corazón en cada paso que dan.

No paran de contarme anécdotas de los momentos que vivieron contigo.

Creo que todavía no aceptan este cambio de "la bella por la bestia".

Espero estar a la altura de la tarea.

Te agradezco por la idea. Tenías razón, es una excelente terapia.

¿Cómo van tus planes de boda?

Te quiere,
Abrémele"

3:2 Había decidido no dar clases durante los fines de semana. El sábado fueron a bañarse al lago. Abraham les amarró una llanta de camión a una rama que se extendía por encima del lago, para que la utilizaran como columpio. Todos se columpiaban por turnos hasta dejarse caer al final y zambullirse en el agua helada. Incluso Jorge se lanzó varias veces. Rafa era definitivamente el que hacía las piruetas más graciosas.

— ¡EMILY, TE AMO! — gritaba con todas sus fuerzas, mientras se mecía en la cuerda y le lanzaba un beso desde lejos. Rafa sentía un cariño especial por Emily.

Emily se limitaba a observarlo de lejos mientras se comía una barra de chocolate, pero no podía evitar reírse cada vez que él se lanzaba.

Dana había tratado de animarla varias veces para que se metiera al agua, pero no tuvo éxito.

Organizó secretamente un grupo con los varones mayores para meterla al lago a la fuerza. Sorprendiéndola, la agarraron y la llevaron cargada como una reina por sus esclavos. Al principio puso resistencia, pero luego se dejó llevar, aunque fingiendo que no le gustaba. Una vez en el agua buscó a Dana y le dijo:

— Me voy a vengar — pero inmediatamente sonrió.

Dana le salpicó agua con las manos y Emily respondió de la misma forma.

Cuando todos se encontraban finalmente dentro del lago y por primera vez en el transcurso del día se respiraba un poco de quietud, se escuchó un grito tarzánico que sacudió el aire. Era Abraham Rosenthal, que se columpiaba desde la cuerda y se lanzó en medio de la multitud. Salpicó a todo el mundo a su alrededor. Una vez adentro, alzó a Jorge y lo lanzó lo más lejos que pudo. Rafa se le montó en los hombros como tratando de contenerlo:

— ¡Ven Javier, te necesitamos!

Javier se lanzó contra el profesor y tres más lo imitaron.

El sol se empezaba a ocultar, el cielo se pintaba de un anaranjado intenso. Fue un día inolvidable.

"Abrémele,

Será solo cuestión de tiempo para que los niños se den cuenta que "la bestia" es un príncipe embrujado.

Con respecto a la boda, siento que no me da tiempo para nada, pero como mi hermano me explicó alguna vez: el tiempo no existe.

Ojalá que el encargado de la decoración no conozca esta teoría.

Espero verte pronto,

Un beso,

Lea"

3:3 Domingo por la tarde, fútbol.

Abraham había avisado a todos a que vinieran a las cuatro de la tarde a la cancha con ropa deportiva. De inmediato dividió al grupo en dos.

— Ustedes serán los Patos — dijo señalando al grupo donde se encontraba Dana y volteándose hacia el segundo grupo donde estaba Rafa, continuó — y ustedes serán los Monos.

En seguida, Rafa hizo como un monito, y el resto del equipo lo imitó. Los Patos reaccionaron inmediatamente, y su bullicio no se hizo esperar.

Después de un breve calentamiento, Abraham hizo una concisa presentación de las reglas del juego y seguidamente comenzaron un partido "amistoso". A medida que iban jugando, continuaba explicando. Algunos habían jugado antes, otros veían fútbol por televisión; para otros pocos era algo completamente nuevo, pero lo encontraban igualmente divertido.

Rafa mostraba habilidades innatas, desde que tocaba la pelota, parecía tenerlas pegada a los pies, era casi imposible quitársela sin hacerle falta. En un ataque de los Monos, Rafa se llevó la pelota engañando a tres de los rivales. Cuando estaba a punto de patear a la portería, apareció Dana, que había demostrado ser una excelente defensa, se barrió frente a él y logró quitarle la pelota, pero provocando un penal.

Abraham hizo sonar el silbato. Tras una breve pausa para explicar la regla correspondiente, se apartó para permitirle a Rafa ejecutar el tiro. Rafa tomó impulso y pateó, pero la pelota terminó en el lago por detrás de la arquería. Se escucharon algunas risas, mientras que Rafa hizo un gesto con los hombros acompañado de una sonrisa, como queriendo decir "nadie es perfecto".

El partido terminó con victoria para los Monos y con otra pelota enviada al lago por Rafa desde el punto de penal.

"Max, mi querido hermano,

Hoy estuve en un partido de futbol y no pude evitar recordarme de nuestros partidos a muerte.

¡Aquellos días!

Mi mente y mi corazón eran otros. Estaba embrujado, hipnotizado. Me sentía capaz de todo porque estaba protegido y guiado por una fuerza superior. Como los israelíes luchando contra los amalequitas. Si Moisés, el profeta, levantaba los brazos, ellos ganaban, pero en el momento que Moisés los bajaba, comenzaban a verse disminuidos.

¡Hay que ver qué inmaduro e ignorante fui!

Como verás, atravieso otra crisis religiosa. Tantas mentiras, tantas calumnias, tantos sacrificios.

Jesús le regresó la visión a un ciego. La Iglesia se llena el pecho contando esta hazaña. Gran cosa, ¡cuántos ojos no sacaron los inquisidores en su nombre!

Nietzsche dijo en un momento de genialidad: "El hombre, en su orgullo, creó a Dios a su imagen y semejanza".

Y cuánta razón tenía.

Un abrazo,

3:4 Mientras todos los niños se bañaban y se preparaban para la cena, Ernesto y los gemelos "Yonofuí" hacían una incursión a la cocina. Varias veces, habían sido ya capturados intentando robar lo que ellos mismos llamaban "abastecimientos nocturnos".

Minutos después, el comedor empezó a llenarse de niños preparados para devorar el menú de la noche: ensalada, puré de papas y pollo. De postre, ensalada de frutas. El puré de la Nana tenía una fama excelente, les encantaba a todos, sin excepción.

Comenzaron a comer. Por el silencio en la sala, se podía medir el hambre del grupo.

A los quince minutos de haber empezado, Ricky se excusó y salió corriendo al baño. El resto del grupo reía a carcajadas, pues las "emergencias" de Ricky eran conocidas por todos.

Emily fue la segunda, la siguieron Rafa y Gabriela. Los gemelos y Ernesto trataban de evitar una carcajada que los delataría. Pero no fue necesario. No habían pasado más de cinco minutos cuando eran los únicos que quedaban en el comedor.

A Abraham, que llegó tarde y que por ende, no había probado bocado, le bastó solo con presenciar la escena para imaginarse el último "ataque terrorista" de los gemelos.

3:5 Para estrenar el nuevo escenario, iban a preparar una obra de teatro. Abraham los reunió y les entregó una versión adaptada de Romeo y Julieta. Cuando los tenía a todos sentados, comenzó a leer:

En la ciudad de Verona, en el siglo XIV o XV, dos familias mantienen viejas rencillas desde hace años. Partidarios de los dos bandos se encuentran en la calle y se enfrentan en una pelea. El Príncipe, máxima autoridad de la ciudad, se presenta y los separa. Mientras, Romeo, el joven Montesco, que no interviene en la pelea, busca la soledad para llorar sus penas de amor...

Después de leer el primer acto, les hizo un resumen de la obra y empezó a asignar roles.

— Rafa, Jorge y Ernesto — dijo, señalándolos — Quiero que lean el guión de Romeo y se preparen para una audición en una semana.

— ¿Cómo? — Exclamó Ernesto. — Yo no voy a besar a nadie.

Todos explotaron en risas.

— Gabriela, Dana y Susy van a prepararse para el papel de Julieta.

Así fue distribuyendo el resto de los papeles. Nombró a Emily apuntadora, a Nicole encargada del vestuario y a los gemelos de la escenografía.

3:6 Reconstruir el invernadero era el siguiente proyecto.

Lo primero era limpiar el actual invernadero, que estaba abandonado. Se reunieron todos con ropas de trabajo, cubetas, trapos y esponjas para empezar a trabajar. El primer paso era siempre el más difícil. Antes de empezar, el final se ve inalcanzable.

Unos barrían, otros limpiaban las telarañas y el polvo, mientras otros más trataban de recuperar las plantas aún rescatables.

Emily, que era parte de este último grupo, arrancaba unas crisálidas de las ramas cuando fue interrumpida por la mano de Abraham.

— No Emily, ésas no. Son inofensivas. Además, dentro de unos días se convertirán en unas preciosas mariposas.

— ¿Esto? — preguntó Emily señalando con asco.

— Si, ya verás.

Emily continuó con su tarea, al igual que el resto del grupo. Tenían un largo camino que recorrer.

3:7 Una vez que Abraham sintió que el grupo y él se habían adaptado, decidió intercalar entre las clases de matemáticas, literatura, ciencias e historia, un curso básico de filosofía.

Para su introducción, los llevó a dar un paseo. Abraham les vendó los ojos, uno a uno. Los organizó en fila y los puso a caminar como en trencito. La única guía que tenían, era los hombros del que los precedía. Y de esa forma, abandonaron la zona del orfanato, en donde evidentemente, había intervenido la mano humana, y se adentraron en terreno virgen.

Luego de rodear el lago, llegaron a lo que parecía la entrada de una pequeña cueva. Una vez adentro, los sentó en semicírculo, alrededor de un conjunto de maderos que formaban una fogata. Previamente, había colocado una especie de parabán improvisado cubriendo la fogata, entonces apagada. Los niños estaban a la expectativa.

Abraham prendió el fuego y dijo:

— Quítense las vendas.

Unos reían sutilmente, unos mostraban signos nerviosos, mientras que otros simplemente esperaban. Los niños se miraban entre sí y murmuraban, reían, escuchaban.

Abraham sacó un objeto del bolso y lo colocó enfrente al fuego, tapado por el biombo, logrando que proyectara su sombra amorfa sobre la pared de enfrente.

— ¿Qué ves ahí? — le preguntó a Rafa, señalando la sombra en la pared.

— No sé, no tengo idea.

— Es un microscopio — dijo Abraham, refiriéndose a una imagen que para cualquiera que conozca un microscopio, le hubiera parecido ridículo por lo deforme de la proyección.

— ¿Qué es un microscopio?

— Es un aparato que sirve para ver las cosas más grandes. Cuando regresemos, les voy a mostrar cómo funciona.

Abraham colocó otro objeto y ahora le preguntó a Nicole.

— Parece un monstruo — dijo. Todos se rieron porque conocían el miedo que sentía Nicole por la oscuridad.

— Esto es un estetoscopio — dijo y reemplazó el objeto por uno nuevo — A ver este diferente. ¿Alguna idea?

Nadie contestó.

— Un taladro.

Así continuó con una serie de objetos. Colocó una vez más el primer objeto, a lo que varios contestaron a la vez:

— Es un microscopio.

— Efectivamente — dijo Abraham y sonrió satisfecho mientras sacaba el biombo que dividía al grupo del fuego. En ese momento les mostró el microscopio.

— ¿Qué es esto?

No obtuvo respuesta.

— Esto es un microscopio — afirmó en voz alta.

— No se parece en nada a un microscopio — exclamó Jorge.

— No se parece en nada a tu idea de un microscopio — contestó el profesor.

Abraham rió. Luego, uno a uno, fue sacando todos los objetos del bolso y se los fue presentando nuevamente a los niños que expresaron con quejas la evidente decepción que sintieron.

— Platón — comenzó Abraham — fue uno de los más grandes pensadores de todos los tiempos. Él decía que todos los hombres habitan en una cueva, donde lo único que pueden ver son las sombras proyectadas por los mismos objetos, por eso, se crean una falsa realidad de las cosas. Es decir, lo que para ustedes era el microscopio, en realidad, era una imagen distorsionada del microscopio. Un sabio es aquella persona que logra salir de la cueva y ver las cosas como realmente son, no transformadas o deformadas.

Filosofía significa "amor por la sabiduría", es la búsqueda constante de la verdad, de las explicaciones, es preguntar. Filosofía es no conformarse con lo que vemos o lo que oímos, es profundizar. Es pensar que no todo lo que brilla es oro. Es razonar, es entender cuál es el verdadero microscopio.

Todos quedaron callados por un rato y Jorge rompió el silencio.

— ¿Cómo sabemos que lo que estamos viendo ahora es el verdadero microscopio?

— Oh, tenemos un filósofo natural en el grupo. Es una excelente pregunta la que formulaste, pero creo que todos tienen suficiente información para empezar. Ahora lo más importante es que salgamos de la cueva de Platón y empecemos a ver las cosas como de verdad son. Ahora muchachos, una carrera hasta el comedor, que nos esperan unas galletas con chocolate caliente que la Nana preparó.

"Abraham mío,

Cito a Pascal: "Prefiero equivocarme creyendo en un Dios que no existe, que equivocarme no creyendo en un Dios que existe. Porque si después no hay nada, evidentemente nunca lo sabré, cuando me hunda en la nada eterna; pero si hay algo, si hay Alguien, tendré que dar cuenta de mi actitud de rechazo".

Parece mentira, el gordito laico callejero, le habla de Dios al rabinito de las peiot *largas.*

"Dios habita el terreno donde la ciencia no ha logrado llegar"

No recuerdo el autor, pero me imagino que tú si lo recuerdas. Ahh... espera un momento. Fue un tal Rosenthal, Abraham Rosenthal.

Vamos, ¿qué te pasa? ¿No estarás llevando muy lejos todo esto?

El sol del desierto te está haciendo delirar.

Me preocupas Abe, me recuerdas a mí.

¿En dónde buscar tu consuelo, sino en Dios? ¿Por qué no pensar que tu David está en el cielo rodeado de ángeles porque cumplió su misión en el mundo, una misión encomendada por Dios? ¿Por qué limitarte a pensar que se desvaneció y se acabó?

¿Hace cuánto no vas a la sinagoga? Necesitas regresar a un lugar común de tu pasado, de tu verdadero pasado. Si es mucho pedirte que vayas a la sinagoga, por lo menos desempolva un libro de rezos, los salmos, la Biblia.

Déjame ayudarte, tú lo hiciste una vez por mí. Te debo una.

Te extraña,

Max"

3:8— ¿Sensei?

— Dime, pequeño saltamontes — le respondía Abraham a Jorge como acostumbraban a empezar sus discusiones filosóficas privadas.

— ¿De qué color es esta planta?

— Es verde, pero algo me dice que no es la respuesta que esperabas.

— Se equivoca, es exactamente lo que me imaginaba que iba a escuchar. Para mí también es verde, pero... ¿Cómo sé si lo que usted está viendo es lo mismo que estoy viendo yo?

Abraham respiró profundo y contestó:

— No puedes tener la certeza. Solo sabemos que a los dos nos enseñaron que cuando nuestra visión recibe este estímulo, lo llamamos verde.

— ¿Quiere decir que su verde puede ser diferente a mi verde?

— Probablemente.

— Por ende, debe poder aplicarse a otros sentimientos, olores, etc.

— Hmmm... supongo que sí.

— ¿Cómo podemos estar seguros que lo que sabemos es cierto?

— Debí haberte dicho que la planta era roja — dijo Abraham irónicamente — A ver, ¿por dónde empezamos?

Buscó una pelota de básquetbol y caminaron juntos hacia la cancha.

Abraham hizo el primer tiro y erró. Jorge lo imitó.

— "El hombre es sus creencias". Muchas batallas se han luchado en torno a creencias.

— ¿Pero cómo sé que mis creencias son correctas? — preguntó Jorge.

— Definitivamente no lo sabemos. Podemos tener falsas creencias. El tener los ojos y los oídos abiertos, nos expone a todo tipo de información. No cualquier líquido que nos encontremos es sano para beber. Básicamente, nuestras creencias y conocimientos se basan en nuestra memoria y en testimonios, que no son más que memorias de otros.

Abraham intentó encestar nuevamente, pero falló. Jorge también lo intentó, devolvió la pelota a Abraham, y continuó elucubrando:

— A veces trato de buscar algo que guardé el día anterior y puedo tardar horas en encontrarlo sin poder recordar dónde lo dejé. ¿Cómo puedo confiar en mi memoria, sabiendo que no es infalible?

— Te estás poniendo muy difícil. Recuerdo que en la mayoría de los casos que confié en mi memoria, tenía razón. Nos basamos en la memoria para confiar en la memoria, lo que es incorrecto. Lo mismo ocurre con los testimonios. En definitiva, no nos queda otra que confiar en que la mayoría de las veces, nuestra memoria y los testimonios que recibimos, son ciertos. Uno lanza la pelota con la intención de encestar — hizo una pausa mientras erraba nuevamente un lanzamiento a la canasta — Lanzar la pelota es creer y encestar es saber. Creemos con el objetivo de saber, pero a veces podemos lanzar y no encestar, saber no es lo mismo que creer.

— ¿Cómo sabemos que una verdad es absoluta? — preguntó Jorge al tiempo que encestaba.

— Todo es relativo. Inclusive, decir que todo es relativo, es relativo. El conocimiento es una verdad justificada apropiadamente. Debemos pensar que las fuentes para nuestras creencias, memorias y testimonios, son considerablemente confiables. Pero la cruda realidad es que siempre dudaremos. Solo que la duda, no es el fin de la sabiduría, sino el comienzo.

De lo único que podemos tener certeza, es que nada es seguro. Esto podría bloquearnos en la búsqueda de la verdad. Podemos ser muy cautelosos y no creer en nada o aventurarnos con la mente abierta. La historia nos ha demostrado que los inventores, descubridores, atletas que han roto algún record, han ido en contra de lo que se consideraba cierto y seguro, han ido un poco más allá.

Tampoco podemos borrar todo lo que sabemos y considerarlo falso solo por que no tengamos seguridad sobre si es cierto o falso, pero sí debemos seguir nuestras creencias y defenderlas.

Abraham lanzó la pelota por última vez y, al observar el resultado, obtuvo la satisfacción de haber escogido el momento más oportuno para acertar…

— No entiendo: En Levítico 19:27 dice que los sacerdotes no se afeitarán la cabeza ni la barba, mientras que en Ezequiel 44:20 sugiere que no deberán raparse ni dejarse crecer el cabello, sino que solo deberán cortarse cuidadosamente la melena, ¿no hay un error aquí?

— ¿De verdad quieres saber o cuestionas por cuestionar?

La relación padre-hijo se había asentado un poco con el pasar de los años. El rabino había accedido a discutir sobre temas religiosos, siempre y cuando el cuestionamiento sea con respeto. Sentía que de alguna forma cumplía con el precepto de enseñarle Torá a su hijo.

— No, de verdad me interesa.

— Hay diferentes interpretaciones. Primero, debes ponerlo en contexto. El capítulo de Levítico se refiere principalmente a la prohibición de ciertos ritos de luto que muy probablemente sean de origen pagano. Debe leerse: "No se harán tonsuras en la cabeza, ni se afeitarán los bordes de la barba, ni se harán incisiones en la carne"

— Increíble. Realmente crees en todo esto, ¿no? Me impresiona que en tu mente privilegiada no haya cabida para la remota opción de que este texto haya sido escrito por diferentes autores, o que no dejes un posible espacio para el error.

El rabino se paró bruscamente de la mesa.

— Pues resulta ser que, supuestamente, el obtuso y obsoleto soy yo. Cuando, a través de los años y muy a mi pesar, y no sin mucho dolor, me

he hecho a la idea que tu posición es diferente a la que yo mismo te inculqué, e incluso he aprendido a respetarla. Y sin embargo, eres tú, el filósofo cuestionador, el de pensamiento moderno y mente abierta, el que no logra aceptar la posibilidad de que mi posición sea la correcta, o por lo menos respetarla en vista que no puedes probarla incorrecta. ¿Es muy difícil de creer, acaso?

— No, exactamente ése es el problema. Es muy fácil tomar esa posición sin cuestionarla. Pero yo no puedo creer por creer.

— ¿Te parece realmente muy fácil "creer por creer"? ¿Acaso no es más fácil creer en algo demostrado científicamente que únicamente por fe?

El rabino calló por un rato y empezó a caminar lentamente mientras recorría la habitación, observando el repertorio de libros y discos que Abraham había reunido con el pasar de los años. Se detuvo en un libro de gran lomo y lo extrajo de la repisa.

— A ver... ¿Quién escribió éste, a ver... "Don Quijote de la Mancha"? — preguntó, como titubeando, al leer el título.

— ¿Cuál, ése? Nadie muy conocido, ahí lo dice: Miguel de Cervantes — contestó Abraham irónicamente.

— ¿Estás seguro que fue él?

— ¡Claro que estoy seguro! Todo el mundo sabe quién escribió el Quijote.

— Pero... ¿Tú lo viste escribiendo? ¿Cómo sabes que no lo robó o lo copió? ¿Cómo sabes que no lo escribió su sirviente? O peor aun ¿cómo tienes la certeza de que Cervantes existió?

— Hay pruebas — contestó Abraham, bajando el tono y ablandando el rostro. Conocía lo suficientemente bien a su padre para adivinar por dónde venía el razonamiento.

— ¿Cómo sabes que las pruebas son reales? ¿Por qué te es tan fácil creer algunas cosas y te cuesta tanto creer otras? ¿Puedes realmente garantizar que Cervantes escribió el Quijote?

— Me sorprende tu línea de pensamiento, papá. ¿Quieres decir que en alguna parte muy profunda, existe la posibilidad que la Biblia no haya sido escrita por Dios?

— Te estás apresurando; sigamos con el Quijote... ¿Tiene un buen mensaje? ¿Inculca un aprendizaje? ¿Puedes sacar de su contenido algo bueno para ti? Entonces, ¿qué importa si lo escribió Cervantes, o si lo hizo un loco, o un grupo de ancianos sabios, o si fue inspiración divina? Si tiene un buen mensaje, estúdialo y hazlo parte de ti. ¿Quién compuso "Las Cuatro Estaciones"? — preguntó, sacando un disco compacto de Vivaldi.

— Ya, ya. Entendí el punto — contestó Abraham, resignado.

Desde ese día, Abraham vio la biblia con otros ojos... y a su papá también.

3:9 Ernesto y los gemelos planeaban un nuevo escape. Ernesto era uno de los que más tiempo había vivido fuera del orfanato. En las noches, antes de dormir, les contaba a sus compañeros sobre un mundo perfecto afuera de las cuatro paredes que los rodeaban. Ernesto tenía siete años recién cumplidos al llegar ahí, pero recordaba los cuentos de un vecino que pasaba más tiempo en la calle que en su casa o en la escuela. Recordaba cómo sus vecinos lograban una sensación de libertad que comentaban era inigualable, decían poder "volar".

Ernesto no entendía muy bien cómo funcionaba, pero varias veces había logrado observar cómo se amarraban un elástico alrededor del brazo y luego se pinchaban. Primero, manifestaban dolor, pero luego se transformaban hasta que lucían "idos", listos para el próximo vuelo.

— Eres muy pequeño para volar — le decían, y reían a carcajadas. Esto lo ponía rojo de rabia.

— Algún día — pensaba — algún día…

Con el pasar de los años, él había ido alimentando estas historias, fue creándose un mundo exterior idealizado, sin límites, sin normas. Nadie le prestaba mucha atención, salvo los gemelos, que lo escuchaban como a un profeta.

Todos los prevenían sobre los peligros de las calles, pero la idea de la libertad les atraía y los mitos que alimentaban les hacía sentir invencibles.

La única vez que lograron salir, fue cuando se escondieron dentro de la camioneta del repartidor de comida. Esta vez, intentaban cavar un túnel que atravesaría por debajo del muro perimetral de piedras. Cada vez que tenían un rato libre, profundizaban un poco más. En esta última semana habían logrado avanzar un buen trecho. Según sus cálculos, habían llegado ya hasta la parte más baja del muro. Era cuestión de atravesar y comenzar a subir. De noche cubrían su trabajo con unas tablas y lo disimulaban con unas matas, para que nadie lo notara. Al ritmo que iban, probablemente en tres semanas serían libres y llegarían al "paraíso".

3:10 Abraham, como todas las semanas, llevaba a Jorge a su tratamiento de quimioterapia. Poco a poco, Jorge había empezado a perder el cabello.

— ¿Sensei?

— Dime, pequeño saltamontes — contestó Abraham. Abrazando a Jorge, adivinó que venía una de sus preguntas sin respuesta.

— ¿Cree en la vida después de la muerte?

— ¿Qué? — preguntó Abraham, quien había entendido perfectamente la pregunta, pero que necesitaba ganar un poco de tiempo antes de responder.

— En la vida después de la muerte. ¿Qué pasa después? — repitió Jorge, con su naturalidad característica— ¿Cree que hay algo más allá?

Abraham tragó lentamente. Si había un momento permitido para mentir, era éste. Eligió sus palabras y empezó:

— Es la interrogante más grande de todos los tiempos. Nadie ha logrado responderla científicamente. Quién sabe... A lo mejor la muerte podría ser la experiencia más increíble del mundo.

— Eso no responde mi pregunta.

— Un filósofo se preguntó una vez: "Hubo una época donde no existíamos. Esto nunca nos preocupó. ¿Por qué debe entonces preocuparnos un tiempo futuro donde no estaremos?"

Al ver que la expresión de insatisfacción no cambiaba en el rostro de Jorge, continuó:

— Epicuro dijo: "Cuando tú existes, la muerte no existe. Cuando la muerte existe, tú no". Entonces, ¿por qué preocuparnos?

— Bueno, por lo menos ahora ya sé qué pensaba Epicuro. Pero… ¿qué piensa usted? — dijo con tono de poca paciencia.

Abraham suspiró y finalmente miró a Jorge, y a la pregunta, de frente.

— No me preocupa la vida después de la muerte, me preocupa la muerte antes de vivir, me preocupa la vida antes de la muerte — contestó el maestro.

— A mí no es la muerte, sino el proceso, lo que me da miedo.

— Lo sé, Jorge, lo sé — dijo Abraham con tono de resignación, y lo abrazó fuertemente contra su pecho para evitar que lo descubriera llorando — Creo que el hombre es un inquilino en el planeta Tierra, un mal inquilino, por cierto. ¿Adónde va después? Eso no lo sé. Me encantaría pensar que a un lugar especial… Yo, a veces le temo a la muerte; otras, solo la espero. Jorge, esta vez no tengo respuesta para ti. Lo lamento mucho, pero no tengo respuesta.

Decidieron afeitarle completamente la cabeza anticipando la posible caída del cabello.

Antes de mostrarse por completo, Jorge se asomó lentamente a la sala de espera donde se encontraba Abraham. Terminó de salir tímidamente, pero Abraham, sabiendo de antemano lo que venía, lo recibió con una cálida sonrisa que logró que el pequeño se olvidara temporalmente de su nueva calvicie. Mientras Jorge entraba al baño, Abraham se ocupó de llamar al orfanato y avisarle al resto de los niños para evitar cualquier tipo de burlas al respecto.

Jorge fue recibido por todas las niñas efusivamente. En seguida se lo llevaron al comedor para el almuerzo. La Nana, lo recibió con un fuerte abrazo y un halago sobre su nuevo "look". Una vez todos sentados, entró Rafa al comedor, que para sorpresa de todos, lucía muy a gusto su nuevo corte de cabello, que no era más que la exposición plena de una brillante y blanca calvicie. Lo imitaban de cerca Fernando y Miguel. Detrás de ellos, y arreglados por el mismo "estilista", uno a uno fueron entrando todos sus compañeros, exhibiendo lo que parecía ser en este momento el último grito de la moda. La sonrisa de Jorge se iba agrandando a medida que dicho desfile tenía lugar.

3:11 — Sócrates fue uno de los filósofos más importantes en la historia de la humanidad. — empezó Abraham — Fue el maestro de Platón, quien a su vez fue el maestro de Aristóteles. No dejó escritos de su puño y letra, le gustaba pasearse entre la gente y filosofar con ellos, y a veces, en contra de ellos.

La primera clase en la cueva había logrado su objetivo, el grupo estaba cautivado y fascinado por la filosofía; Abraham estaba en su territorio.

— Sócrates deambulaba por Atenas cuestionando a todo aquel que se hiciera llamar "sabio", lo cual ocasionaba gran disconformidad. La mayoría de los seguidores de Sócrates eran jóvenes que se maravillaban con su línea de pensamiento y trataban de imitarlo. Eso generó un descontento general. Tanto fue así que, a sus setenta años, Sócrates fue acusado y juzgado por corromper a la juventud y cuestionar a los "sabios". El juicio fue decidido a voto por un grupo de quinientos ciudadanos-juristas. Las condiciones para su posible rendición fueron establecidas: Si Sócrates dejaba de contagiar y envenenar a los jóvenes con sus pensamientos filosóficos y evitaba sus enfrentamientos con la clase dirigente y con los cánones prevalecientes, habría un gran chance de dejarlo en libertad.

Sócrates, sin embargo, no aceptó la oferta, razón por la cual fue obligado a beber cicuta, un veneno mortal.

Sócrates sacrificó su vida valientemente en la búsqueda de la verdad y del conocimiento ¿Cuánto estarían dispuestos a sacrificar ustedes?

"Querido Max, compañero de letras,

Hoy leí a Sócrates. Definitivamente, a los filósofos ya no los hacen como antes.

¡Qué bien me haría en este momento un trago de cicuta!

No te asustes, es solo una expresión.

"Solo sé que no sé nada". ¡Qué paradoja! La genialidad de una persona fundamentada en el reconocimiento de su ignorancia...

Solo sé que no sé nada, salvo que te extraño,

3:12 Ya se había convertido en costumbre dominguera la disputa de un buen partido de fútbol. Abraham seguía gozando del fútbol tanto como ellos. La práctica de ese deporte les servía como un escape a la rutina de los estudios, pero él lo aprovechaba además, para desarrollar en ellos valores como la disciplina, el trabajo en equipo y la superación personal.

Habían alcanzado un nivel técnico envidiable. Desde la primera vez que jugaron, Abraham dividió al grupo en dos equipos que decidió mantener por todos los partidos subsiguientes.

Rafa era definitivamente uno de los mejores, pero tenía un gran defecto que Abraham se empeñaba en combatir. Tenía un dominio impresionante de la pelota, pero en el momento de patear un balón desde el punto de penal, se congelaba, parecía que tuviera dos pies izquierdos. Abraham lo ponía a trabajar por horas, solo frente a un arco, y cada vez que se presentaba la oportunidad de efectuar el lanzamiento durante el juego, Rafa era "voluntario" para cobrarlo. Faltando cinco minutos para terminar el juego, los Monos perdían uno a cero. Cuando Gabriela se acercaba al arco de los Patos con todas las intenciones de anotar, fue derribada a último momento por Dana dentro del área.

— ¡Penal! — sancionó el árbitro.

Rafa agachó la cabeza automáticamente y se dirigió al punto de castigo, arrastrando los pies como quien lleva plomo en los zapatos.

— Vamos, Rafa — le gritaba un Mono.

El resto, como ya se había hecho costumbre, emitía sonidos e imitaban el baile de los Monos, mientras que el equipo contrario contestaba ruidosamente también, a la manera de los Patos.

— Rafa, concéntrate — le decía Abraham — Tú puedes.

— Yo sé que puedo, pero no me gusta fanfarronear — le contestó Rafa, guiñándole un ojo.

Rafa se paró frente al arco, acomodó la pelota y tomó impulso. Respiró profundo y comenzó la carrera. Se detuvo sobre el pie izquierdo justo detrás del balón, y abanicó con el derecho, tan fuerte como pudo. Logró calzar el empeine en el centro del balón, lo que produjo una trayectoria de parábola que pasó rozando el travesaño superior, pero que terminó nuevamente en el lago. Esta vez, las risas provenían tanto del lado de los Patos como del de los Monos.

Ese mismo día Jorge no sentía ya fuerzas para jugar, incluso había pedido otra vez la silla de ruedas. En las últimas semanas se había convertido en rutina. Abraham le dio un silbato y le pidió que actuase como árbitro. La situación de Jorge se hacía cada vez más extrema, le habían dado muy pocas esperanzas, a lo sumo dos meses más de vida. Abraham había decidido buscar una segunda opinión, aunque él sabía que el diagnóstico era lamentablemente correcto. Lo único que quedaba en sus manos, era proporcionarle un final feliz o esperar un milagro, "si es que existe tal cosa" pensaba.

Abraham rezaba por Jorge todas las tardes. Una parte de él le decía "¿Para qué rezo?", mientras que otra argumentaba "¿Quién sabe?". Siempre, desde que tenía uso de razón, su pensamiento daba círculos alrededor de la misma pregunta: ¿Hay alguien escuchando? En todo caso, si lo hubiera, no es un mayordomo celestial a quien le podemos halar una palanca y esperar que realice una tarea". Mientras rezaba, y casi automáticamente, su pensamiento se desviaba; su voz recitaba los salmos, mientras que su mente los cuestionaba.

Milagros: mito o realidad, cuentos de hadas de la Biblia o

manifestaciones divinas. La ballena que se tragó a Jonah: ¡Gran cosa! ¿Qué mago se jactaría de ese truco? Un mago de un circo cualquiera. Ahora, si Jonás se hubiera tragado a la ballena, entonces hablaríamos.

Salva a Jorge, pruébame que estoy equivocado; tráeme de regreso a mi David. ¿Abriste el mar en dos y no puedes curarle el cáncer a un niño sin suerte? ¿Qué pasa, acaso no es suficiente reto para mostrar tu ego? ¿Qué pudo haber hecho este pobre niño en su vida para merecer este castigo? Sálvalo, Dios misericordioso. ¿Estás ahí? ¿Hay alguien en casa? ¿O retumba mi voz interior en el vacío eterno de lo desconocido?

3:13 Abraham revisaba entre las drogas que guardaba en su botiquín privado, buscaba algo para tratar de aliviarle un poco el sufrimiento a Jorge. Su vista pasó por un frasco que contenía lo necesario para quitarle el dolor, pero para siempre; lo dudó solo un instante, pero luego lo borró de su mente. No estaba en sus manos dicha decisión.

3:14 Terminada la cena, Dana se quedó para ayudar a la Nana con los platos. Al finalizar, la acompañó a su cuarto. Aunque no quería mostrar preferencias, la evidente e inevitable debilidad que la buena mujer sentía por Dana, era imposible de ocultar. Dana se sentó al borde de la cama para que la Nana la peinara mientras las dos miraban el cielo estrellado a través de la ventana.

— ¿Cómo estará mi mamá? — preguntó.

— Está descansando, muy tranquila.

— ¿Cómo sabes que está bien?

— Porque yo sé que la están cuidando.

— ¿Quién, Goliat? — inquirió Dana.

— No, no Goliat ...

En ese momento, Abraham irrumpió en el cuarto.

— Okey, niña consentida, es hora de irse al cuarto a dormir como los demás.

— Cinco minutos, porfa' — rogó.

— No, es muy tarde. Dale un beso a la Nana y a dormir.

— Okey… — dijo con voz resignada — Buenas noches, hasta mañana, Papi.

— Hasta mañana, princesa.

La Nana sabía que se había metido en problemas. Abraham la miró seriamente a los ojos y le dijo:

— ¿Cuántas veces, Nana? Está prohibido hablar de Dios en esta finca, ni siquiera a Dana.

— ¿Qué se supone que le deba decir? ¿Que la señora Raquel está enterrada y se la están comiendo los gusanos? Lo siento mucho, conmigo no cuente para eso.

— Estoy seguro que se te ocurrirá algo mejor que decir.

— Creo que está yendo demasiado lejos. ¿Acaso no se da cuenta de la necesidad que tienen estos niños? Y en lo que respecta a Dana, sigue subestimándola. ¿Cree que no se acuerda? Pues se equivoca. Todo el tiempo pregunta por Dios.

— Tarde o temprano se le va a olvidar.

— Ni lo sueñe. Es quien cuida a su mamá y a Goliat. Eso no se le va a olvidar tan fácilmente.

— Nana, por favor. Hicimos un trato.

— Está bien, está bien. Pero usted se encarga de su hija, no le prometo nada si ella me sigue preguntando.

3:15 En la noche, Abraham pasó por el lugar que Jorge frecuentaba en la cima de la colina, junto a lo que parecía ser un árbol enano, una especie de Bonsái y se sentó al lado de él. Los dos sabían que "el día" se acercaba. Abraham iba a extrañar las conversaciones con Jorge. Sentía que perdía a su mejor discípulo.

— Sensei — susurró a duras penas Jorge, forzando una sonrisa.

— Dime, pequeño saltamontes — respondió Abraham, correspondiéndola.

— No puedo más con el dolor. No creo que pueda aguantar mucho más tiempo.

— Descansa, no te esfuerces. Estarás mejor.

Los dos se quedaron sentados en silencio.

Subió Moisés de los campos de Moab al monte Nebo, a la cumbre del Pisga, que está enfrente de Jericó; y le mostró Jehová toda la tierra de Galaad hasta Dan, todo Neftalí, y la tierra de Efraín y de Manasés, toda la tierra de Judá hasta el mar occidental; el Néguev, y la llanura, la vega de Jericó, ciudad de las palmeras, hasta Zoar.

Jorge luchaba contra la morfina para mantenerse despierto, pero la morfina podía más que él. Cayó en un profundo sueño. Abraham sacó un libro de *tehilim* y comenzó a leer. Leía un párrafo tras otro sin parar. El profesor Rosenthal no entendía qué efecto podría tener esa lectura sobre el cáncer aniquilante, pero *Abrémele* le obligaba a continuar rezando como un autómata.

Seguía leyendo, leía cada vez más rápido mientras que aumentaba el volumen de su voz. Leyó hasta que la impotencia terminó dominando la fe. Tiró el libro contra la pared y explotó en llantos.

Se sentó e intentó recobrar la cordura, pero se desplomó de nuevo, y finalmente apoyando la cabeza entre las piernas, continuó llorando.

Y le dijo Jehová: Ésta es la tierra que juré a Abraham, a Isaac y a Jacob, diciendo: A tu descendencia la daré. Te he permitido verla con tus ojos, mas no pasarás allá.

— Desde aquí... — dijo Jorge casi en sueños — puedo ver la tierra prometida.

— ¿Q... qué dices, Jorge? — preguntó Abraham, elevando su tono de voz.

Jorge ya no contestó.

— ¿Qué estás diciendo? Háblame, ¿qué estás viendo? — gritó desesperado.

Abraham ya no sabía si lo que sus sentidos percibían era real, era producto de las treinta y seis horas sin dormir o de los calmantes que había tomado horas antes.

Jorge seguía hablando pero, bien sea por el tono de su voz o por lo que salía de su boca, Abraham no lo entendía. Mientras caminaba de un lado a otro de la habitación al ritmo del murmullo continuo de Jorge, quien a pesar del calor veraniego que se respiraba en el cuarto, tenía los brazos cruzados como protegiendo su cuerpo del frio que sentía. Abraham lo miraba fijamente, tratando de descifrar las palabras que él prácticamente escupía.

Sentía cómo el sudor le corría a través de la barba, ya no distinguía entre lo que veía y lo que imaginaba.

Acercó su mejilla a la nariz de Jorge y sintió una fuerte respiración que se repetía con más frecuencia que lo normal.

Finalmente, Jorge calló, al tiempo que desenredaba los brazos y los estiraba a sendos lados de la cama. Su respiración regresó a un ritmo normal.

3:16 Una semana más tarde, en un día de lluvia, Jorge dejó de respirar mientras dormía. Fue enterrado en la cima de la montaña, en su lugar de reflexión.

Y murió allí Moisés siervo de Jehová, en la tierra de Moab, conforme al dicho de Jehová.

Era Moisés de edad de ciento veinte años cuando murió; sus ojos nunca se oscurecieron, ni perdió su vigor. Y lloraron los hijos de Israel a Moisés en los campos de Moab treinta días; y así se cumplieron los días del lloro y del luto de Moisés.

*Habló Jehová a Moisés en el desierto de Sinaí, en el tabernáculo de reunión,
el primer día del segundo mes, el año segundo...*

4:1 Abraham le ofreció un *kaddish* silencioso. Luego, echó unas paladas de tierra sobre el pequeño ataúd improvisado y cedió la pala a Ernesto, que se encontraba junto a él. Ernesto imitó a Abraham y así, uno a uno, llenaron la fosa hasta cubrirla completamente.

— ¿Alguien quisiera decir algo? — dijo Abraham, rompiendo el silencio.

— Yo quiero llorar — dijo Nicole, y sin esperar respuesta, lloró. Llanto que inmediatamente fue acompañado por el resto del grupo.

— Yo quisiera decirle algo — dijo Javier. Los decibeles del llanto bajaron de nivel quedando como música de fondo. — Todos aquí saben cómo yo te trataba. No puedo creer que ya no estés aquí ¡Qué ciego fui! ¿Acaso teníamos que llegar a esto para que me diera cuenta? Buscaste mi mano y la cerré, buscaste mi mirada y me volteé, buscaste mi corazón y te lo negué. En estos días, en la biblioteca, leí una frase que decía: "Vivir en los corazones que dejamos es no morir". Quiero que sepas Jorge, que ocuparás un lugar en mi corazón. No sé mucho de la muerte, así que no sé qué esperar, sé que tu corazón dejó de latir, pero ojalá me estés escuchando. Adiós amigo, adiós hermano. Buen viaje.

"Max,

Si un árbol cae en el bosque y no hay nadie alrededor para escucharlo, ¿suena la caída?

Si alguien que estuvo en el bosque, escribe sobre la caída ¿la convierte en real?

Por el contrario, si todos garantizamos haber escuchado la caída de un árbol que no ocurrió, ¿la hacemos real?

¿Podemos basar la existencia de Dios en relatos y textos?

¿O acaso, depende Dios de un observador para demostrar su existencia?

4:2 Rafa se apropió del prendedor de la mamá de Jorge, le puso un collar y se lo colgó alrededor del cuello. Lo cargaba, mostrando orgulloso la imagen del cascabel.

4:3 A partir de ese día, Javier regresaba todas las tardes al lugar donde enterraron a Jorge para hablarle. Esto lo hacía sentirse bien, le generaba cierta paz consigo mismo. Había decidido construirle algo que protegiera su cuerpo inerte. Enseguida se sumaron otros para ayudar en la tarea, incluso el mismo Abraham. Al terminar, habían creado un hermoso altar. Consistía en tres paredes de bloque rodeando la tierra imberbe que evidenciaba la diferencia con el pasto verde que la rodeaba. Las paredes se fueron llenando, poco a poco, de mensajes y dibujos que cada uno fue haciendo y de musgo que crecía entre las piedras.

4:4 Los días pasaban, pero el ánimo no regresaba. Todos deambulaban tratando de digerir la idea de lo irrevocable, de lo irreversible. Vivir ¿Eso era todo? ¿El día menos pensado dejamos de respirar y ya? ¿Hay algo después? ¿Hubo algo antes?

4:5— ¿Jorge está con Mami? — preguntó Dana a su padre.

Abraham trató de evitar la pregunta, cambiando el tema, pero la tenacidad infantil es difícil de combatir.

— Dime Papi, ¿Jorge está con Mami? — insistió.

— Ahora no, Dana por favor. ¿Podemos hablar de esto en la noche?

La Nana, que escuchaba desde la cocina, lo miró con desaprobación.

— Ven Dana, ven conmigo. Tengo un cuento que contarte.

Abraham miró a la Nana con cara de "mucho cuidado con lo que dices".

La Nana le contestó con una expresión de "lo siento mucho".

Abraham miraba al suelo decepcionado. Algo estaba fallando. ¿Dónde se había equivocado?

4:6 Mientras Rafa colgaba a secar su ropa en el tendedero que estaba detrás de los cuartos, escuchó un ruido entre los matorrales. Al principio no le prestó atención, pero el ruido se repitió. Se acercó, pensando que era Ernesto, que se disponía a pegarle un susto. Se agachó y siguió acercándose, ahora gateando, tratando de evitar el mínimo ruido.

La maleza, que últimamente había sido abandonada, lo cubría casi hasta el codo. Rafa continuaba, pero ahora el ruido había cesado por completo.

De pronto emergió, como si hubiera sido expulsada de la tierra, la cabeza de una cascabel. La cascabel, erguida, se encontraba frente a Rafa, que estaba paralizado.

Rafa la miraba fijamente. La culebra inmóvil frente a Rafa. Como si sintiera algún tipo de atracción, se empezó a acercar a la serpiente. Parecía en trance.

Habló Jehová a Moisés y a Aarón, diciendo: Si el Faraón os respondiere diciendo: Mostrad milagro; dirás a Aarón: Toma tu vara y échala delante del Faraón, para que se haga culebra.

— No te muevas — susurró Abraham, que acababa de presenciar la escena — trata de alejarte lentamente, retrocediendo sobre tus pasos.

Rafa, recobrando poco a poco la respiración, obedeció y empezó a retirarse lentamente.

La cascabel observaba alejar a su presa, pero se mantenía alerta y en posición de ataque. Mientras retrocedía, Rafa trataba de controlar el movimiento de sus piernas, que temblaban involuntariamente. Estaba fascinado, casi hipnotizado, por la figura de la cascabel erguida y en guardia.

Vinieron, pues, Moisés y Aarón al Faraón, e hicieron como Jehová lo había mandado. Y echó Aarón su vara delante del Faraón y de sus siervos, y se hizo culebra.

— Poco a poco, Rafa, poco a poco — continuó Abraham, mientras agarraba un machete, preparándose para usarlo en contra de la cascabel solo si era estrictamente necesario.

Sabía que si él atacaba primero, podía ser la causa de un contraataque certero por parte de la cascabel, con consecuencias trágicas.

— No corras, poco a poco.

Sin darse cuenta, Rafa tropezó con una piedra y cayó al suelo. La cascabel, sin entender si esto era un mecanismo de defensa o de ataque, se abalanzó a su presa como un latigazo y clavó sus colmillos huecos en la pierna derecha de Rafa.

Entonces llamó también el Faraón a sabios y hechiceros, e hicieron también lo mismo los hechiceros de Egipto con sus encantamientos; pues echó cada uno su vara, las cuales se volvieron culebras; mas la vara de Aarón devoró las varas de ellos. Y el corazón del Faraón se endureció, y no los escuchó, como Jehová lo había dicho.

Abraham, como si lo hubiera hecho toda su vida, separó al animal en dos mitades con un fuerte corte de cuchillo. Tan rápido como pudo, desencajó los dientes de la pierna de Rafa, que yacía en el suelo como poseído. La marca demostraba que el movimiento de Abraham no había sido lo suficientemente rápido. La culebra había mordido apenas un instante, pero suficiente para suministrarle una dosis de su veneno.

Cargó a Rafa en sus brazos hasta el baño más cercano. Lavó la mordida mientras trataba de calmar al herido. Sabía que la excitación, el pánico o la ansiedad, acelerarían la circulación de la sangre, aumentando la absorción de veneno. Vendó alrededor de la mordedura e inmovilizó la pierna con unos listones de madera que consiguió debajo de la cama. Rasgó el pantalón para que no ajustara y corrió al carro para llevarlo al hospital más cercano. Mientras manejaba salvajemente, recordaba sus conocimientos de primeros auxilios: *"De cada cinco personas que han sido mordidas por serpientes con venenos predominantemente neurotóxicos, tres no sufren envenenamiento significativo, ni es de manera alguna inevitable el que las otras dos mueran."*

4:7 Se dirigió con el muchacho en brazos a la sala de emergencia.

— Fue mordido por una cascabel — comenzó Abraham apresuradamente, tratando de saltar el procedimiento de rutina — Hay que atenderlo inmediatamente.

La enfermera a cargo del traje continuó con las preguntas de rutina, una por una. Ya finalizando, preguntó:

— ¿Es usted su padre? — preguntó la enfermera.

— Soy su representante legal. Es huérfano. ¡Hay que atenderlo urgentemente!

— Lo atenderemos de inmediato. Usted va a tener que esperar aquí, lo mantendremos informado.

Rafa pasó esa noche en el hospital. Abraham pasó la noche en vela sentado en la sala de espera a tan solo unos metros de él.

Al día siguiente a las diez de la mañana, el médico le dio de alta. Rafa estaba a salvo. La buena noticia de que Rafa regresaba ileso al orfanato, levantó un poco los ánimos de todos, mismo que, desde la muerte de Jorge, el grupo ya no era el mismo. De alguna forma, la idea de que al final del túnel se acababa el camino, les había quitado las ganas de continuar. Aunque, improbablemente, asomaba la posibilidad de que a la larga se acostumbrasen a la idea.

Abraham lloraba desconsolado en el sofá cuando sonó el timbre. Hoy se cumplían treinta días de la muerte de Raquel.

— ¿Quién es? — preguntó sin intenciones de pararse a abrir la puerta.

El timbre sonó nuevamente.

— ¿Quién es? — gritó, más fuerte ahora, esta vez tratando de evitarse el viaje.

Otra vez sonó el timbre.

— Está bien, está bien, ya voy.

Abraham quedó paralizado al ver la majestuosa figura de su padre, el rabino Rosenthal, a través del marco de la puerta.

— ¿Ij meg arainguein? — dijo en yiddish, pidiendo permiso para entrar.

— Ahora no, papá. No es un buen momento.

— "Si no ahora, ¿cuándo?" — Respondió el Rabino con una de las frases célebres del sabio Hillel.

— Está bien, pasa. Pero no estoy para discursos.

El Rabino no contestó, solo caminó junto a su hijo y se sentó en la sala, esperando que Abraham lo imitara. Ante la mirada inquietante de su padre, Abraham comenzó:

— No quiero que empieces con tus largos discursos y tus frases bíblicas. No voy a salir a tomar aire fresco. Quiero estar aquí, y quiero estar solo.

El anciano solo lo miraba y se acariciaba la barba.

— Tengo derecho a llorarla todo lo que quiera — dijo entre lágrimas, mientras con un pañuelo se limpiaba la nariz — No es justo ¿Por qué ella? No hay explicación que me puedas dar que me satisfaga. Que si cumplió su misión en el mundo, que si ahora es un ángel, que está en el cielo con Dios. No me interesa. La quiero aquí ¿entiendes? ¡La quiero aquí, conmigo!

El rabino se paró con la rapidez que le permitía su avanzada edad y se acercó a Abraham. Delicadamente interrumpió su discurso poniendo su dedo índice sobre los labios de su hijo y lo acompañó de un sutil "shhh".

Luego, se dirigió al balcón y se asomó a la noche estrellada, volteó hacia

Abraham y con una seña lo invitó a reunirse con él en la terraza.

Abraham se acercó como con pesos en los pies. El rabino lo abrazó con su brazo derecho y cuando sintió que la respiración de Abraham regresaba a su ritmo natural, cubrió la noche con un movimiento de su otro brazo.

— La muerte — dijo apenas susurrando — no es más que una noche que descansa entre dos días. Llora todo lo que necesites, no hay mucho más que te pueda decir salvo que te acostumbrarás al dolor.

Lo abrazó fuertemente, lo besó en la frente y se retiró.

Abraham quedó solo, contemplando el cielo, iluminado por la luz de la luna. Esbozando una sonrisa, dijo para sus adentros:

— Gracias, papá. Gracias, moré.

4:8 Era la gran noche de Ernesto y los gemelos. El túnel estaba listo, hoy escaparían. Cuando todos estaban en el cuarto dispuestos a acostarse a dormir, aprovechando la depresión generalizada, Ernesto trataba de reclutar adeptos de última hora, mientras los gemelos se pintaban la cara de negro como camuflaje.

— Escúchenme, les digo que se van a arrepentir. Ahí afuera nos espera un mundo mejor.

— ¿Y si nos agarran? — preguntó Andrés, que se balanceaba entre el "sí" y el "no".

— ¿Quién nos va a agarrar? Somos más rápidos y nos defenderemos. Somos un grupo. Les enseñaré a volar.

— ¿A volar? ¿Cómo? ¿De qué estás hablando?

— Ya verán. Solo síganme.

— ¿Qué comeremos? — preguntó Walter, manifestando su eterna preocupación.

— Nos robaremos algunas cosas de la cocina, — explicó Ernesto — y luego nos las arreglaremos. Les digo que no tienen de qué preocuparse. Ahí afuera hay suficiente comida para todos. ¿O acaso quieren esperar aquí hasta que nos llegue la muerte? Jorge no tuvo opción, Rafa casi le sigue. No pienso quedarme y desperdiciar lo que me queda de vida. ¿Qué tenemos que perder? Tarde o temprano, todos terminaremos como él. Entre morirme adentro o morirme afuera, prefiero correr el riesgo.

Parecía que el discurso de Ernesto empezaba a hacer efecto. Se podía notar claramente cómo, poco a poco, algunos se iban entusiasmando.

Javier, que escuchaba desde el fondo mientras afilaba una estaca de madera para convertirla en un cuchillo, sabía el peligro que les esperaba afuera y fácilmente hubiera podido predecir su destino. Sabía que no iba a tener chance de hacer cambiar de parecer a Ernesto, pero debía hacer algo con los demás. Si lograra convencer al resto del grupo, Ernesto perdería fuerzas y probablemente optara por quedarse.

—Yo no me apresuraría tanto —dijo Javier, tratando de ganar tiempo mientras se le ocurría algún argumento con suficiente fuerza para cambiar el curso del rio.

—¡Eres una gallina! —le gritó Ernesto— Siempre lo has sido.

Los gemelos se apartaron de su trabajo de maquillaje y comenzaron a dar vueltas alrededor de las literas, aleteando los brazos y cacareando.

—Por mí puedes pensar lo que quieras —respondió Javier, muy tranquilamente.

Rafa, que estaba del lado de Javier, interrumpió los cacareos a punta de almohadonazos, lo que terminó en una guerra donde hubiera sido imposible determinar quién pertenecía a cada bando.

—¿Qué sabes tú que nosotros no sabemos? —le preguntó Walter a Javier, cuando la guerra de almohadas se había apaciguado un poco.

—¿Qué va a saber él? No sabe nada —dijo Ernesto, tratando de dar fin al asunto.

— Ayer fui a la tumba de Jorge — dijo Javier sin saber muy bien adónde lo iba a llevar todo esto, pero aprovechando el silencio que ocasionó la frase, continuó — Me habló. Jorge me habló.

— Tonterías — Ernesto rompió el silencio reinante luego de que él mismo recuperó el pulso cardíaco — Es... está muerto, todos lo vimos. Estás delirando.

— ¿Lo viste? — preguntó Ricky.

— No, solo lo escuché.

— ¿Estás seguro? ¿Cómo sabes que era él?

— Era él — dijo Javier, enfático — Nunca confundiría la voz de Jorge.

— No puede ser — dijeron los gemelos a coro.

— El que no me quiere creer, que no me crea. Solo me pidió que les diga que los quiere mucho y que le hacen mucha falta. Lamenta no haber podido despedirse, pero dice que nos sigue viendo desde donde está y que cuidará de nosotros. Todo eso me dijo.

Javier siguió afilando su cuchillo de madera. De reojo, observó al grupo y sintió que debía continuar. Parecía que sus palabras daban resultado.

— Me dijo también que el otro día cuando Rafa estaba frente a la cascabel, la sujetó todo lo que pudo, pero cuando Rafa se tropezó, perdió la concentración, y por eso, la cascabel atacó.

— Es cierto — gritó Rafa — La cascabel parecía haber estado aguantada por una fuerza invisible. Además, nadie, salvo el profesor, sabe que me tropecé. Es cierto, Jorge estuvo ahí. Ahora todo me cuadra.

Rafa le guiñó el ojo a Javier.

— Me dijo también que sabe del escape. Me pidió que tratara de prevenirlos. Dijo que presentía una tragedia. — Javier tenía en este momento toda la atención del grupo. Volteó hacia los gemelos y continuó — Me dijo que lo primero que vio fue a dos del grupo atropellados por un camión, pero que no pudo identificar los rostros porque estaban pintados de negro.

No hizo falta decir más. Los gemelos comenzaron inmediatamente a limpiarse el betún de la cara con lo primero que encontraron... la sábana de Ernesto. Éste, sintiéndose vencido, halaba la sábana por el otro extremo, gritándoles:

— ¡Idiotas! ¿Qué están haciendo? ¡Los voy a matar!

El último intento de escape había sido frustrado, por lo menos temporalmente.

Aunque Javier sabía que iba a requerir más que eso para detener a Ernesto, por lo cual su mente trabajaba ya en un nuevo plan disuasorio.

4:9 Abraham paseaba por el invernadero que entre todos habían reconstruido meses atrás. De pronto comenzó lo que por tantos días había esperado.

— ¡Vengan, rápido! ¡Acérquense! — Gritaba — Vamos, apúrense.

— ¿Qué pasa? — preguntaba Nicole.

— ¡Vengan todos! — Gritaba Rafael tratando de asistir al profesor — ¡Llamen a los demás!

No pasaron ni cinco minutos cuando el grupo se encontraba reunido junto a Abraham.

— Por favor, hagan un círculo.

Mientras se iban acomodando rodeando lo que parecía ser una simple planta, se empezó a rajar la crisálida que contenía lo que en un momento fue una oruga, dejando libre a una hermosa mariposa de vivos colores, que salió revoloteando, transformando en sonrisa a cada una de las bocas abiertas de los que la contemplaban. La mariposa hizo un recorrido por el invernadero y terminó posándose en la nariz de Nicole, que no pudo evitar soltar una carcajada. Bien sea por el hecho mismo o por lo poco usual que era el sonido de la risa en esos días, todos acompañaron a coro la risa comenzada por Nicole.

Una vez calmadas las risas, Abraham comenzó:

— Nada muere, todo cambia. Así como la desaparición de la oruga da origen a la mariposa, en el Universo, todo final es, sin duda, un comienzo. Todo fin produce un inicio. En este momento, la mariposa que se encontraba dentro de Jorge está libre. El hombre, a lo largo de los años, ha llamado a esta mariposa 'alma'. El alma de Jorge está libre y vuela probablemente entre nosotros.

A medida que avanzaba en su argumento, lograba algunas sonrisas de su público.

¿Es válido el concepto de alma donde no existe el de Dios? — pensaba para sus adentros — *¿Por qué no?* Difícil de conseguir, pero valía la pena el intento, así que continuó.

— La realidad es que no sabemos mucho sobre la muerte. Sócrates decía que el ser humano tiende a pensar que conoce más acerca de la vida de lo que realmente sabe. Por consecuencia, hacemos el mismo error con la muerte. Tendemos a pensar que entendemos más de lo que en realidad sabemos. La muerte es, realmente, un gran misterio para nosotros, probablemente, el misterio más grande de todos los tiempos. Es un tema desconocido. Nos la pasamos inventando teorías, pero en realidad no sabemos nada. Por eso, debemos calmarnos y no sacar conclusiones sin fundamento. Con la información que poseemos, la muerte es, a lo mejor, un acto maravilloso. Entonces, ¿por qué preocuparnos? Es solo el nacimiento de la mariposa.

4:10 El dolor empezó como una presión en los ojos a la cual Abraham no le dio mayor importancia. Simplemente se recostó a ver televisión, a ver si así se le pasaba. En lugar de calmarse, sin embargo, la presión pronto se extendió por toda la cabeza. Comenzó a sentir una molestia en la sien, y el dolor en los ojos se tornó inaguantable. Empezaba también a sentir nauseas.

Se tomó un analgésico, enfrió una toalla con agua y se acostó con todas las luces apagadas con la toalla en la frente.

Poco a poco, la jaqueca fue desapareciendo.

4:11 El tema de la muerte eventualmente le generó deseos a Abraham de ir a visitar las tumbas de Raquel, David y sus padres. Una vez ahí, hizo una pausa en la entrada del panteón. Casi se podía escuchar la lucha de sus diferentes opiniones dentro de su cabeza.

¿Qué hago aquí? ¿Acaso hay alguien esperando mi visita? Raquel debe estar decepcionada de mí. Pero… ¿Raquel? Aquí no hay más que tierra y cuerpos descompuestos. Raquel, perdóname por pensar así. ¿A quién le hablo? Parezco un idiota…

Decidió entrar para intentar detener su tormento. Caminaba lentamente entre las lápidas. No cesaban los gritos desde la "azotea".

Mejor me devuelvo, pierdo mi tiempo. Pero qué digo, si Raquel y David me necesitan. Un momento… ¿Ellos me necesitan, o yo los necesito a ellos? Ellos me necesitan a mí tanto como el pollo que me comí hoy. ¿Y acaso le hablo al pollo?

Siguió caminando. Algo o alguien le faltaba, alguien faltaba. No sabía qué o quién era, pero le pareció sentir su presencia cuando enterraron a David, y definitivamente estaba ahí presente el día en que trajeron a

Raquel en aquel largo, amplio y negro carro lustroso.

¡Cómo había cambiado el cementerio en menos de cinco años! Lo que en un momento fue un sencillo panteón donde Dios recibía a las almas que salían de sus cuerpos, ansiosas por llegar al paraíso, se había convertido en un jardín de exquisito mármol.

Cuando llegó a las tumbas de Raquel y David, se agachó, acomodó unas piedras en la base de cada una y las besó.

Era en ese preciso momento donde toda su lógica se derrumbaba. Es que la muerte sin Dios es horrible. Podía asumir que todos los nombres que había atravesado durante su recorrido, no eran ahora más que un montón de huesos. Pero no estos, no estos dos. Raquel y David no podían ser cuerpos descompuestos bajo unas piedras grabadas.

Abraham lloró de impotencia.

Se levantó y se despidió de su hijo y de su esposa. Al irse, miró al cielo resignado, y contra su voluntad, balbuceó una bendición que reverberó en su mente, haciendo desvanecer todo pensamiento.

4:12 — ¡Fuego, fuego! — gritaban Dana y Gabriela — ¡Fuego!

No pasaron ni cinco minutos, cuando todos se encontraban reunidos ante un círculo de fuego que rodeaba el altar de Jorge. Un manto negro cubría la noche, solo el fuego iluminaba los rostros sorprendidos.

— ¿Qué es esto?¿Qué pasó? — preguntó Walter, extrañado.

— Tengo miedo — decía Nicole.

— Es Jorge — dijo Javier ingenuamente — trata de decirnos algo.

Viendo el pueblo que Moisés tardaba en descender del monte, se acercaron entonces a Aarón, y le dijeron: Levántate, haznos dioses que vayan delante de nosotros; porque a este Moisés, el varón que nos sacó de la tierra de Egipto, no sabemos qué le haya acontecido.

Y Aarón les dijo: Apartad los zarcillos de oro que están en las orejas de vuestras mujeres, de vuestros hijos y de vuestras hijas, y traédmelos.

Entonces todo el pueblo apartó los zarcillos de oro que tenían en sus orejas, y los trajeron a Aarón; y él los tomó de las manos de ellos, y les dio forma con buril, e hizo de ellos un becerro de fundición. Entonces dijeron: Israel, estos son tus dioses, que te sacaron de la tierra de Egipto.

De pronto, desde las sombras, aparecieron Ernesto y los gemelos con aire triunfal.

— Basta de tonterías, fuimos nosotros — dijo Ernesto, retador— ¿No ven cómo los trata de engañar? Jorge está muerto, ¿acaso es tan difícil de entender?

— Todos sabemos que está muerto — se apresuró a contestar Javier, para salir de la trampa que le habían tendido — Pero, ¿cómo sabes que no nos ve? ¿Cómo sabes que no nos oye?

— Porque ya no respira y está enterrado seis pies bajo tierra. Su corazón no funciona ¿por qué van a funcionar sus ojos o cualquier otro órgano suyo? Su oportunidad de ser libre se acabó y no quiero que me pase lo mismo a mí. Les estoy dando la oportunidad de ser libres — dijo, volteándose hacia el resto — de volar como el águila…

— Si escapas, no serás libre — le interrumpió Javier — Serás prisionero de la supervivencia, de la necesidad de comida, de la necesidad de un techo. Nadie es realmente libre.

Y viendo esto Aarón, edificó un altar delante del becerro; y pregonó Aarón, y dijo: Mañana será fiesta para Jehová.

Y al día siguiente madrugaron, y ofrecieron holocaustos, y presentaron

— Aquí no, pero afuera sí. Yo he visto gente volar.

— No te creo nada. Estás imaginando cosas y te vas a arrepentir.

— Pierdo el tiempo contigo, pierdo el tiempo con todos ustedes. Son unas gallinas. Por lo visto, nadie quiere ser libre, nadie quiere volar. Vengan conmigo, les digo que no hay tiempo que perder, es tan simple como esto: nacemos, vivimos y nos morimos. No podemos pasar el resto de nuestras vidas pensando o apostando a qué va a pasar después. Después puede ser demasiado tarde, hay que aprovechar cada día al máximo. Mañana… mañana no estaremos aquí. ¿Qué tiene de malo que nos escapemos, o que pasemos un poco de hambre, o que robemos si es necesario? Además, da lo mismo. De todas formas, todos moriremos. Pueden esperar a la muerte aquí dentro, como niños buenos, o pueden seguirme y hacer de cada día una aventura. Es decisión de ustedes.

— ¿Por qué eres tan pesimista? ¿Por qué simplemente nacer, vivir y morir? ¿Por qué no creer que nacimos, vivimos, morimos y nos transformamos? Mírame a mí: Yo no soy la misma persona que cuando nací, mis brazos son diferentes, mis piernas, mis ojos, todo ha cambiado. La persona que yo era cuando nací, ya no existe y, sin embargo, yo sigo existiendo. ¿Quién dice que la muerte no es lo mismo, como una etapa más? Simplemente cambiamos, pero seguimos existiendo de una forma diferente, una etapa más. A lo mejor nos convertimos en un águila que sale de nuestro cuerpo y alcanzamos a volar solo tras una transformación, como la mariposa. Estoy de acuerdo que hay que aprovechar cada día al máximo, pero eso no necesariamente implica arriesgar nuestras vidas.

Entonces Jehová dijo a Moisés: Anda, desciende, porque tu pueblo que sacaste de la tierra de Egipto se ha corrompido.

Pronto se han apartado del camino que yo les mandé; se han hecho un becerro de fundición, y lo han adorado, y le han ofrecido sacrificios, y han dicho: Israel, estos son tus dioses, que te sacaron de la tierra de Egipto.

— Creo en hoy, no en mañana.

— ¿Por qué no creer en los dos?

La discusión seguía, mientras Abraham los observaba desde lejos.

4:13 Javier, cada vez que dudaba, se acercaba a buscar consejo al altar de Jorge. Se había hecho la idea de que lo escuchaba. A veces, incluso lo oía responder. Se lo imaginaba en un lugar muy tranquilo y con mucha paz.

Esta vez, vino a hablar acerca de Ernesto y de su plan.

Por poco que Javier simpatizara con Ernesto, en el fondo, se preocupaba por su seguridad y por la de los posibles adeptos que se le unieran al escape.

Javier le contó a Jorge la historia completa.

4:14 Las migrañas de Abraham persistían, y aunque había aprendido en su mayoría a calmarlas, eventualmente algunas, no lograba controlarlas. Había intentado de todo, analgésicos, oscuridad, frío, cafeína. El dolor era insoportable, le provocaba náuseas y en algunos casos extremos, lo hacía delirar.

4:15 Ese domingo, no todos se presentaron para el fútbol, pero de todas formas habían sido suficientes como para conformar un juego. El partido había finalizado con dos anotaciones por lado. Rafa y Gabriela anotaron por los Monos, mientras Javier anotó dos tantos por los Patos. Fueron al tiempo extra, lo que llaman "la muerte súbita": el primero en anotar sería el ganador. Dana manejaba la pelota, esquivó a un Mono y lanzó un pase largo buscando a Javier. Éste pateó la pelota sin permitirle tocar el piso y le envió un "cañonazo" a Emily, que cuidaba la portería. A pesar de su esfuerzo, Emily fue vencida. La pelota continuó su trayectoria para terminar encontrándose con el travesaño y caer nuevamente en la cancha sin dueño aparente. Gabriela se apresuró y se apoderó del balón; con un movimiento de cintura, se volteó y observó a Rafa que a lo lejos le hacía señas. Adelantó hasta más de la media cancha y colocó un pase preciso a sus pies. Sin dejarlo ni siquiera pestañear, Dana lo derribó, impidiéndole patear lo que hubiera sido una anotación segura. Tiro penal.

Rafa frente al arco, con el balón nuevamente en el punto de la pena máxima. Tomó su tiempo. Buscaba un nivel más alto de concentración. Introdujo la mano por el cuello de la camisa y asomó el prendedor con la figura de la cascabel. Lo separó de su cadena y lo sujetó fuertemente en su mano derecha. Pensó en Jorge, pensó en el encuentro con la cascabel. Sentía cómo su cuerpo crecía, cómo su pecho se inflaba. Sentía cómo la pequeña ración de veneno que había logrado entrar en su cuerpo, recorría sus venas, inyectándole energía. La cascabel le transmitía su frialdad, Jorge le daba confianza. Visualizó a la cascabel erguida, lista para el ataque. Escuchaba a Jorge que le decía: "Ahora, tú puedes. Confía en ti".

Respiró profundo y comenzó la carrera. Mientras se acercaba rápidamente a la pelota, se escuchó una explosión desde la cocina.

Rafa estaba tan concentrado en su objetivo, que ni se dio cuenta que al patear, todos sus compañeros, Patos y Monos, corrían hacia la cocina para ver qué había pasado. Rafa, fue el único espectador que observó como la pelota hizo su entrada triunfal al arco.

Una vez que el grupo regresó de la cocina, luego de averiguar que el estruendo había sido simplemente un transformador que había explotado, vieron a Rafa parado aún en el punto de penal. Con cara de decepción y un gesto de las manos, les señaló la pelota dentro de la portería.

Todos rieron a carcajadas.

— Seguro… — dijo uno, irónicamente.

— Ni tú mismo te lo crees — dijo otro.

4:16 Abraham se levantó de un brinco. Le tomó unos minutos para que su respiración regresara al ritmo natural. No recordaba exactamente cuándo lo había soñado por primera vez, pero se había vuelto recurrente después de que empezaron las migrañas.

La rutina era siempre la misma: cuando las molestias aparecían, se tomaba una taza de café negro y dos pastillas de quinientos miligramos de Ibuprofeno; si los dolores persistían, como era en la mayoría de los casos, se acostaba en el piso frío, apagaba todas las luces, cerraba las persianas de madera y se cubría la frente con una toalla empapada en agua helada. Cuando los analgésicos comenzaban a hacer efecto y lograba relajarse, se adormecía y era entonces ahí, cuando sucedía: desnudo, corría con todas sus fuerzas sin parar, rodeado por paredes blancas de unos dos metros de altura que formaban un laberinto. Corría sin parar y cada vez que daba la vuelta a una esquina, la escena parecía ser exactamente la misma, un largo pasillo entre dos paredes blancas. Corría sin parecer llegar a ningún lado pero siempre que volteaba, bien sea a la derecha o a la izquierda, veía a alguien que acababa de cruzar la esquina siguiente. Sin importar que tan rápido corría, solo alcanzaba a ver la espalda de la persona que lo precedía. Logró ver que llevaba un sobretodo negro. Hubiera jurado que a lo lejos, lo que veía era la espalda de su padre justo antes de dar la vuelta a la esquina.

— ¡Papá, papá! — gritaba. Pero la figura vestida con sobretodo y sombrero negro, nunca se volteaba.

Siguió corriendo hasta verlo desaparecer nuevamente de su campo de visión.

Corrió lo más rápido que pudo y la distancia que los separaba se acortaba, pero le era imposible alcanzarlo.

Se levantó sudando como siempre, abruptamente, justo cuando sentía que lo alcanzaba.

Se acomodó la cabellera y se dirigió al baño a darse una ducha. Ya los dolores habían pasado.

Abraham se quedó parado desnudo frente al espejo y se observó, detalladamente, de la cabeza a los pies. Vio, en su miembro circunciso, la única señal física que lo ataba a su pasado, la seña que había sellado, aproximadamente 4000 años atrás, el pacto entre Abraham, el patriarca, y Dios, su Dios.

4:17 Después de un arduo trabajo de persuasión, Ernesto volvió a convencer a los gemelos del escape.

— No sean gallinas. El túnel está listo hace días. No me digan que trabajaron tanto para nada.

— Pero… es que… lo que nos contó Javier…

— Tonterías. Vamos, confíen en mí. Les aseguro que ahí no hay más que un cuerpo descompuesto ¿Quieren comprobarlo?

— Mmm… no, gracias.

— Lo dice solo para asustarlos.

— Pues lo logró — contestó Yono.

— Solo intentémoslo, y si no funciona, nos regresamos.

— Está bien — contestaron a coro por obligación.

Ernesto decidió no arriesgarse tratando de convencer a más gente, se iría él solo con los gemelos. Los demás, tarde o temprano, se arrepentirían.

Esperaron a la madrugada. Con sus mochilas al hombro, se dirigieron a la salida, ahora cubierta con unas maderas y hojas, haciendo las veces de camuflaje.

Cuando Ernesto se acercó, notó como por los pequeños espacios de aire que las maderas no cubrían, emanaba humo blanco. No era momento para retroceder ni para mostrar miedo. Cualquier mínima muestra de temor espantaría a los gemelos y echaría a perder su plan.

Dudó un instante, pero finalmente se dejó llevar por sus ansias de libertad y levantó bruscamente la tapa, cuando para su sorpresa, la enorme cabeza de una culebra saltó desde lo más profundo del túnel.

Ernesto dejó caer la madera y salieron los tres corriendo mientras gritaban desaforadamente. Cuando voltearon por detrás del comedor, una luz blanca les cegó la visión. Los gritos continuaban. Se podía escuchar la respiración agitada de los gemelos. Ernesto estaba pálido.

Rafa y Javier apagaron cada una de sus linternas, mientras el resto del grupo no podía contener las carcajadas. Las linternas de Dana y Gabriela, apuntaban a los pantalones, antes secos, de los gemelos.

El grupo se acercó a la salida del túnel y para terminar de humillarlos, Nicole levantó la tapa de madera, mostrándoles a los fugitivos frustrados, la imagen de la culebra que colgaba inerte de la tapa.

Javier festejaba chocando las palmas con Rafa.

4:18 Las migrañas eran inaguantables y el analgésico ya no hacía efecto. Ninguna de las drogas que había experimentado le ayudaba, sin importar lo agresivo del tratamiento. Tampoco había logrado identificar qué las causaba. No le quedaba más que aprender a vivir con ellas.

4:19 Corría en sus sueños constantemente. En ellos, el laberinto era interminable, y las paredes eran ahora el doble de alto. La misma figura de negro corría delante de él, como en todos los sueños anteriores.

Corría y corría, pero no conseguía nunca alcanzar al hombre del sobretodo negro.

Sentía cómo su respiración y sus latidos del corazón se aceleraban. No veía el fin del camino, la meta era inalcanzable.

Escuchó pasos a lo lejos y apresuró su ritmo, creyendo alcanzarlos. Le pareció ver a su papá al final del pasillo, casi asequible, pero el timbre del teléfono lo despertó.

— ¿Aló? — dijo, después de aclarar un poco su garganta.

4:20 Abraham necesitaba comprar unas medicinas, pero su carro estaba fallando últimamente, así que optó por ir en autobús. Le gustaba tomar el autobús, se relajaba, hablaba con sus vecinos de asiento, descansaba.

— ¿Cómo van los Cardenales? — preguntó a su compañero de viaje para buscar conversación.

— ¿Los Cardenales? — El mismo respondió extrañado— ¿En qué planeta vives? Los eliminaron hace dos semanas, fue horrible, 8 a 0. Salió en primera página.

De repente se escuchó una voz fuerte y ronca que gritaba desde la zona del conductor:

— ¡OID, CIELOS, Y ESCUCHA TÚ, TIERRA! PORQUE HABLA JEHOVÁ. CRIÉ HIJOS, Y ENGRANDECÍLOS, Y ELLOS SE REBELARON CONTRA MÍ!

— ¿Qué es esto? — preguntó Abraham mientras hacía un esfuerzo por asomarse a ver de qué se trataba.

— Es Isaías.

— Yo sé que es Isaías — contestó Abraham, que inmediatamente había reconocido la profecía — pero, ¿quién habla?

— Es Isaías, el que habla es Isaías — contestó el acompañante de Abraham que, evidentemente, era un pasajero habitual del autobús — O por lo menos, así se hace llamar.

El corpulento hombre de color continuó su discurso:

— ¡EL BUEY CONOCE A SU DUEÑO, Y EL ASNO EL PESEBRE DE SU SEÑOR; ISRAEL NO CONOCE, MI PUEBLO NO TIENE ENTENDIMIENTO!

Calzaba unas sandalias y vestía una larga túnica con un gorro blanco. Una larga barba negra le cubría el cuello por completo.

— No te preocupes, se baja en dos paradas. — intentó consolarlo su vecino de asiento, al notar la creciente irritación de Abraham.

— ¡OH, GENTE PECADORA, PUEBLO CARGADO DE MALDAD, GENERACIÓN DE MALIGNOS, HIJOS DEPRAVADOS! DEJARON A JEHOVÁ!

— ¡¿Dejamos a Jehová?! — Lo interrumpió Abraham súbitamente — Si Él nos dejó a nosotros primero. Que alguien le preste un periódico a este buen hombre — agregó, dirigiéndose a los que los rodeaban, lo que generó una risa nerviosa apenas audible.

— ¡CUANDO EXTENDIEREIS VUESTRAS MANOS, YO ESCONDERÉ DE VOSOTROS MIS OJOS! ASIMISMO, ¡CUANDO MULTIPLICAREIS LA ORACIÓN, YO NO OIRÉ!

— ¿Qué hay de nuevo en eso? — interrumpió otra vez Abraham, y las risas aumentaban.

Isaías comprendió el reto, pero no le molestó, más bien, le gustaba. Además, estaba acostumbrado.

— ¿Qué insinúas, hermano?

— Insinúo que el Dios que nos tratas de vender, quiere que pequemos. Él encuentra satisfacción en impartir castigo, lo cual le permite mostrar su poder. De otra manera, ¿por qué permitiría la existencia del pecado? Si Él quisiera, ¿acaso no podría erradicar el pecado y la maldad del mundo?

— Lo conocemos como libre albedrío. El pecado original fue un abuso de confianza, entonces, cuando lo teníamos todo. "Porque toda la tierra que ves, la daré a ti y a tu simiente para siempre" Génesis 13:15.

— ¿Y para qué puso condiciones? ¿Para qué puso el árbol de la sabiduría si no se podía tocar? Le faltó leernos las letras pequeñas del contrato. Quita y pone a placer, como si jugara con nosotros. "Dijo Jehová a Satanás: He aquí, todo lo que tiene está en tu mano" Job 1:12.

Las risas habían cesado, los otros pasajeros observaban asombrados, como si fueran testigos del juicio final.

— Pero eso es parte de nuestra formación. Cuando a un niño se le permite tocar el fuego, aprende que no debe tocarlo nunca más. Es el concepto de arrepentimiento. "Si confesamos nuestros pecados, Él es fiel y justo para que nos perdone nuestros pecados y nos limpie de todo mal" Juan 1:9 — dijo Isaías, alzando la voz.

— Excepto que no conozco ningún padre en su sano juicio, que al no poder educar a sus hijos, los destruya... "Entonces Jehová hizo llover sobre Sodoma y sobre Gomorra azufre y fuego de parte de Jehová desde los cielos; y destruyó las ciudades, y toda aquella llanura, con todos los moradores de aquellas ciudades, y el fruto de la tierra" Génesis 19:24 — contestó Abraham con la misma fuerza que su interlocutor. Podía sentir los latidos de su corazón tratando de salir de su pecho.

— Por el contrario, — la réplica no tardó en llegar— ¿cuántos padres conoces que reconozcan sus errores frente a sus hijos y se arrepientan?: "Entonces Jehová se arrepintió del mal que dijo que había de hacer a su pueblo" Éxodo 32:14.

— Creo que empezamos mal. Estamos dando por sentado un factor muy importante. Antes de discutir si tu Dios es misericordioso, benevolente o malvado, ¿no deberíamos discutir si es o no es? Te apuesto que en cada capítulo de la Biblia, puedo conseguirte una prueba de que no existe. Que la Biblia no es más que un libro de cuentos; lleno de contradicciones, por cierto.

— Se pone interesante. Acepto tu reto, todavía me queda una parada más — dijo confiado, Isaías.

— No te preocupes, no te voy a hacer perder mucho tiempo. Empecemos por el principio, Génesis 1:1: "En el principio creó Dios los cielos y la tierra. Y la tierra estaba desordenada y vacía, y las tinieblas estaban sobre la faz del abismo, y el espíritu de Dios se movía sobre la faz de las aguas." Entonces bien… ¿La tierra estaba desordenada y vacía? — repitió Abraham con cara de interrogante— ¿Acaso estaba desordenada y vacía cuando Él llegó? Si es así, entonces, ¿quién la creó? Y si la creó Él, ¿por qué la creó desordenada y vacía? ¿No te parece una contradicción? Qué decepción para Dorothy, el león, el espantapájaros y el hombre de lata, llegar al final del camino de ladrillos amarillos y descubrir que el Mago de Oz, no es más que un hombre inseguro montado sobre una gran maquinaria.

— Me impresiona saber cuánto conoces, hermano, y a la vez qué poco sabes. Estoy seguro de que si volvieras a tus raíces, si viajas a tu pasado, pronto recordarías que la Biblia puede ser leída literalmente y será un libro de cuentos, pero se debe leer entre líneas, detrás de las líneas, analíticamente, buscando significados, interpretando los símbolos: "En el principio había tinieblas" — el autobús se detuvo y el "profeta" se acercó a la puerta para bajarse. Abraham lo seguía con la mirada — "La Tierra estaba desordenada y vacía. Y dijo Dios: Sea la luz; y fue la luz".

Todos los pasajeros, Abraham inclusive, observaban detenidamente al personaje que, ahora ya en la acera, parecía salido de un cuento de las mil y una noches. Y entonces, como iluminado por una especie de aura o luz interior, se le escuchó decir de nuevo:

— Había tinieblas y Dios hizo la luz. Había tinieblas y Dios **fue** la luz.

*Estas son las palabras que habló Moisés a todo
Israel a este lado del Jordán,
en el desierto, en el Arabá...*

5:1 Abraham se encontraba en el balcón de su cuarto y observaba a lo lejos a Javier, junto a cinco niños más, postrados ante el altar de Jorge, como esperando respuestas, pero sin saber qué preguntas formular.

Mientras observaba esta imagen, lo abrumaban una avalancha de ideas y pensamientos.

En el principio creó Dios los cielos y la tierra. Y la tierra estaba desordenada y vacía, y las tinieblas estaban sobre la faz del abismo, y el espíritu de Dios se movía sobre la faz de las aguas...

5:2 Una vez más, desnudo y atrapado en el gigante laberinto blanco, corriendo sin parar tras la imagen de su padre, el Rabino Rosenthal, de la que solo lograba divisar la espalda doblando en la siguiente esquina. Sentía la respiración agitada, aunque no podía definir si provenía de su sueño o de él mismo.

Cada vez se acercaba más y constantemente le gritaba: ¡Papá, papá!

La figura no respondía. Abraham sabía que lo estaba oyendo, pues lo contrario era imposible, ya que casi le pisaba los talones.

Seguía corriendo; sudaba notablemente a pesar del frío. La impotencia lo obligó a detenerse, y aprovechó la pausa para recobrar el aliento. Cuando por fin pudo escuchar más allá de sus propios jadeos de cansancio, oyó unos pasos a lo lejos que se acercaban apresuradamente.

Se asomó cuidadosamente y se sorprendió al ver que se trataba de su papá, y de que el mismo corría en dirección a donde él se encontraba. Entonces cayó en cuenta: claro, ¡cómo no lo había pensado antes! Estamos en un laberinto. Al permanecer fijo en un punto, era probable que tarde o temprano, viniera él hacia mí.

Los latidos del corazón agitado se le entremezclaban con los pasos que se acercaban. Cuando consideró que era el momento oportuno, se volteó bruscamente y, agarrándolo por los hombros le dijo:

— ¡Papá...!

Se despertó de un salto con la respiración cortada.

Luego de una larga y profunda aspiración de aire que sonó asmática, casi agonizante, comenzó a recuperar su ritmo respiratorio.

La última imagen se le repetía constantemente.

Se paró y fue al baño. Se acercó al lavamanos y con las dos manos se llevó agua fría a la cara repetidamente. Cuando levantó la mirada, vio nuevamente la imagen que lo despertó. Por el sombrero negro, las *peiot* y la larga barba, cualquiera hubiera confundido al hombre en el espejo con el Rabino Rosenthal... pero él no.

Inmediatamente entendió lo que significaba, todo encajaba en su lugar.

Abraham levantó el teléfono, dudó un instante, pero se decidió a marcar.

...y el espíritu de Dios se movía sobre la faz de las aguas...

5:3 Horas más tarde, Abraham recibía a Max en la entrada de la finca Milagro.

— ¿Dónde te habías metido? ¿Estuviste aquí todo este tiempo? — preguntó mientras se abrazaban cual padre e hijo tras regresar de la guerra.

— Ya habrá tiempo para preguntas. Ahora camina conmigo...

Abraham empezó a caminar lentamente, esperando que Max se le uniera. Caminaron por toda la hacienda hasta llegar al altar.

— No entiendo ¿Qué es esto?

— Hice un experimento. Hice un experimento y fracasé.

— ¿De qué estás hablando? Me estás poniendo nervioso, ve al grano de una vez por todas.

— Era la muestra perfecta, un grupo de niños huérfanos, que todavía no habían sido expuestos a la religión.

— Sigo sin entender.

— Decidí crear un mundo sin religión, un microcosmos aislado de la sociedad.

Max miraba estupefacto, miraba alrededor y poco a poco cada pieza del rompecabezas se iba ensamblando en este rompecabezas.

— Pero... ¿cómo?

— No importa cómo, lo que importa ahora, es que me equivoqué. Esta fue mi lucha con Dios, en represalia por lo que pasó con mi David.

— ¿Lucha con Dios? No pensé que creías en un Dios con quien luchar.

— Es imposible perder la fe por completo. La duda siempre queda: los que creen siempre dudarán en el fondo si realmente hay alguien; igualmente los que no creen, en lo más profundo de sus entrañas, siempre existirá una pequeña duda. Quizás, después de todo, duda y fe, sean dos términos más ligados entre sí que lo antagónico que suenan.

En otras palabras, fui Jacob peleando con el ángel. Noé, Moisés, Jacob, Jesús, Siddhartha, Mahoma, todos lo cuestionaron, todos dudaron. Todos pelearon con Él y todos pelearon por Él.

Para entender el bien, hay que conocer el mal; la luz no existe sin la oscuridad. La duda, el cuestionamiento, hace que regreses con más fuerza; aunque no todos regresan, algunos lo olvidan por completo, o lo que es aun peor: los que malinterpretan, los que lo usan para engañar y someter.

Pero yo no. Gracias a estos niños, me reencontré con Dios. El amor a

Dios es como el amor a un padre. Cuando eres un niño, tu papá es tu héroe, no hay dudas de que él es el más fuerte e inteligente del mundo; es capaz de todo, te protege de cualquier peligro. A medida que vas creciendo, te vas dando cuenta que hay ciertas cosas que no sabe, que de vez en cuando se equivoca, hasta que llegamos a la adolescencia y cuestionamos todo lo que hace, y probablemente sea la última persona a la que pediríamos consejo.

La imagen que tenemos de niños es tan fuerte y perfecta, que no somos capaces de soportar la más mínima decepción. Luego, de adultos, empezamos a aceptar que éste tenga errores y nos reconciliamos con él, hasta el punto de amarlo como en un principio lo amamos. Con Dios es igual, a las primeras señales de injusticia comienza nuestro cuestionamiento y cae la figura del Todopoderoso que nos fue inculcada de niños. Pero después viene el reencuentro. A estos niños no se les ha hablado de Dios, y a pesar de ello lo llevan adentro. ¿Te acuerdas de lo que decía Pascal?

— ***"Es el corazón el que reconoce a Dios y no la razón"*** — dijeron los dos al unísono.

— Estos niños piden a gritos a Dios. No sé qué hacer. ¿Qué debo hacer?

Max trataba de digerir lo más rápido posible.

— Pues me siento como en Jurassic Park. Has jugado a ser Dios, o lo que es mucho peor... has matado a Dios — agregó impulsivamente — Debes enfrentarte a ellos, dar la cara y sincerarte lo antes posible. Debes enseñarles de lo que los privaste y que ellos decidan si creer o no creer. Tendrás que escalar el monte Sinai, y bajar con los mandamientos. Necesitas un milagro.

Abraham escuchaba con vergüenza, como un niño regañado, mientras asentía con la cabeza.

— Por cierto, si vas a traer los mandamientos, creo que un Blu Ray sería más adecuado que un par de tablas de piedra. — continuó Max, tratando de suavizar su sermón — A propósito, cuando llegues a "No cometerás adulterio"...— Max dudó por un instante — olvídalo, déjalo así.

Max se desabrochó la cadena de oro que traía puesta.

— Toma — le dijo, entregándole la estrella de David — Alguien me entregó esto un día diciéndome que me iba a ayudar a encontrar la paz que necesitaba. Creo que ahora te vendría bien a ti.

Abraham aceptó su vieja cadena y la apretó con todas sus fuerzas dentro del puño.

...y dijo Dios: sea la luz, y fue la luz...

5:4 Las migrañas se hacían cada vez más intensas. Pero ya no esperaba para enfrentarlas; sabía que mientras más tiempo dejara pasar, más difícil le sería controlarlas. Apenas comenzaba a sentir la presión en los ojos, se tomaba un analgésico y se recostaba a oscuras sobre el piso frio hasta que desaparecía el dolor.

5:5 Max tenía razón, no podía perder más tiempo, debía actuar de inmediato y redimirse. Abraham y Max trabajaron juntos un buen rato. A las dos de la mañana, Max se fue a dormir. Abraham se quedó despierto rezando. Rezó por Raquel, por David, por Dana y por los huérfanos. Se quedó dormido mientras rezaba. Escuchó una voz ronca que le hablaba. Era un lenguaje nuevo para él, pero para su sorpresa, perfectamente comprensible. La voz sonaba como un trueno, pero era agradable.

Se levantó de la cama temblando y fue, sin entender mucho por qué, al cuarto de las niñas. Atravesó la habitación en silencio, se arrodilló ante la cama de Dana, y la levantó entre sus brazos con mucho cuidado de no despertarla. Con Dana en brazos, salió del cuarto. Podía escuchar su propia respiración.

— ¿Adónde vamos? — escuchó preguntar Abraham.

— Vamos a hacer un sacrificio a Dios— se escuchó responder.

— ¿Qué vamos a sacrificar? — continuó Dana con su interrogatorio.

— Dios pondrá el cordero.

Y Dios le dijo:

—Toma ahora a tu hijo, tu único, Isaac, a quien amas, vete a tierra de Moriah y ofrécelo allí en holocausto sobre uno de los montes que yo te diré.

Abraham se levantó muy de mañana, ensilló su asno, tomó consigo a dos de sus siervos y a Isaac, su hijo. Después cortó leña para el holocausto, se levantó y fue al lugar que Dios le había dicho.

Abraham continuó cuesta arriba, seguido por Dana que ahora caminaba a su lado cargando unos leños.

Una vez en la cima, construyeron el altar. Abraham miró al cielo por última vez, esperando una señal. Se volteó hacia Dana y la levantó. La besó llorando.

La levantó hacia el cielo como si la entregara y luego la depositó suavemente sobre el altar. Desenfundó el cuchillo de su cintura y levantó el brazo buscando impulso. La posó suavemente sobre el altar, y cuando abalanzó el cuchillo sobre la criatura, sintió como le halaban el brazo fuertemente.

— ¡Abraham! — gritaba una voz.

Volteó nuevamente al cielo y dijo:

— Aquí estoy.

— ¡Abraham, despierta!

— ¿Qué... qué pasa? — tartamudeaba Abraham mientras se incorporaba y comenzaba a distinguir a Max.

— Estabas llorando. Espero no haber estado en tus sueños. Me pediste que te despertara en tres horas. Hay que continuar.

El sueño se completaba en la cabeza de Abraham. Repetidamente se veía abalanzando un cuchillo sobre el cuerpo de Dana, que descansaba sobre el altar. El mensaje era difícil de asimilar, pero muy claro. Había que hacer un sacrificio.

5:6 Después de tanto fracasar en persuadir a los demás, Ernesto se decidió a emprender solo su viaje a la libertad. La idea de viajar más ligero de carga lo entusiasmaba. De todas formas, ya estaba harto de los gemelos, los consideraba demasiado débiles e influenciables; tarde o temprano, serían una carga para él, y no los necesitaba. En realidad nunca había contado con nadie más que consigo mismo.

Y creó Dios al hombre a su imagen, a imagen de Dios lo creó; varón y hembra los creó.

Y los bendijo Dios, y les dijo: Fructificad y multiplicaos; llenad la tierra, y sojuzgadla, y señoread en los peces del mar, en las aves de los cielos, y en todas las bestias que se mueven sobre la tierra.

Y dijo Dios: He aquí que os he dado toda planta que da semilla, que está sobre toda la tierra, y todo árbol en que hay fruto y que da semilla; os serán para comer.

Y a toda bestia de la tierra, y a todas las aves de los cielos, y a todo lo que se arrastra sobre la tierra, en que hay vida, toda planta verde les será para comer. Y fue así.

Ernesto pasó por la cocina y por la enfermería y se abasteció clandestinamente. Empacó un pequeño bolso con lo estrictamente necesario y escapó.

Los primeros veinte minutos fueron probablemente los más felices de su vida. O por lo menos, los más excitantes. Corrió hasta que la falta de aliento no le permitió continuar. Se detuvo a un lado del camino y comió. El primer mordisco que dio a una de las manzanas robadas, le supo a gloria.

Se habían acabado los horarios, las rutinas, las normas. Era libre, solo le faltaba volar. Se adentró un poco en el claro que bordeaba el camino, y se acostó debajo del primer árbol que encontró, y se quedó dormido.

Y vio Dios todo lo que había hecho, y he aquí que era bueno en gran manera. Y fue la tarde y la mañana el día sexto.

Tomó, pues, Jehová Dios al hombre, y lo puso en el huerto de Edén, para que lo labrara y lo guardase.

Y mandó Jehová Dios al hombre, diciendo: De todo árbol del huerto podrás comer; mas del árbol de la ciencia del bien y del mal no comerás; porque el día que de él comieres, ciertamente morirás.

De pronto, sintió cómo algo se movía por la maleza. Cada vez se escuchaba más fuerte y más cercano. Una cascabel, pensó. El ruido aumentaba. Fuera lo que fuese, lo sentía ya rozando su mejilla. Se quedó inmóvil, petrificado del miedo, hasta que pudo distinguir el frio lenguazo de un perro callejero que lo hizo saltar.

— ¡¿Qué haces?! ¡Sal de aquí! — gritó, empujando al desnutrido animal.

El perro se quedó a una distancia prudente, esperando un poco de alimento.

— ¿Qué quieres que haga? Apenas tengo para mí. Búscate lo tuyo. Eres libre, ¿no?

Por primera vez, Ernesto se vio enfrentado a un aspecto de la libertad que no había considerado, y que no le gustó. Pero no se desanimó. A él no le pasaría lo mismo. Además, él podía volar.

Siguió su camino. Ya se acercaba la noche, así que debía empezar a buscar un techo.

La siguiente parada la hizo en la cima de una colina, frente a un paisaje espectacular desde donde podía ver una pequeña aldea en el valle. Luego de asomarse al precipicio, determinó que le tomaría aproximadamente unos cuarenta y cinco minutos llegar a las primeras villas a pedir asilo.

Abrió su bolso y lo volteó en el aire, dejando caer todo su contenido en el césped.

Pero la serpiente era astuta, más que todos los animales del campo que Jehová Dios había hecho; la cual dijo a la mujer: ¿Conque Dios os ha dicho: No comáis de todo árbol del huerto?

Al revisar sus pertenencias, sintió como su frecuencia cardíaca aumentaba. Había llegado el momento de volar. Imitando lo poco que se recordaba de su vida previa al orfanato, se amarró una liga alrededor del brazo. Tomó una de las soluciones que robó de la enfermería y la usó para llenar la jeringa. Cerró los ojos, se mordió el labio inferior con fuerza, y sin pensarlo mucho introdujo la inyección en el pliegue interior de su brazo izquierdo. Vació rápidamente el contenido de la ampolleta.

Retiró la aguja con violencia y se frotó sobre el pinchazo para intentar aliviar el dolor. No sentía nada. Tal vez había que esperar un rato, pensó. O quizás la dosis era insuficiente. O bien, no había elegido el frasco adecuado.

Se acercó al borde del precipicio y dejó que el viento le golpeara en el rostro. Era libre y eso era todo lo que importaba. El momento de volar había llegado.

Parado firme e intentando controlar el temblor de sus piernas, abrió los brazos extendiéndolos a los lados y esperó.

Esperaba una señal en su organismo que le diera la orden. Empezó a sentir un poco de mareo.

— Eres muy pequeño para volar — recordó.

Las risas retumbaban en su cabeza.

— Eres muy pequeño para volar.

Y la mujer respondió a la serpiente: Del fruto de los árboles del huerto podemos comer; pero del fruto del árbol que está en medio del huerto dijo Dios: No comeréis de él, ni le tocaréis, para que no muráis.

Entonces, motivado entre el resentimiento y sus ansias de libertad, flexionó las rodillas y se impulsó hacia el vacío con todas sus fuerzas. En ese momento Rafa, que lo había estado siguiendo y que se ocultaba entre los matorrales, logró pescarlo del cuello de la camisa justo antes que pudiera saltar al vacío, y lo haló hacia un punto más seguro.

— ¿Estás loco? ¿Qué crees que estás haciendo? — le gritó.

— ¡Suéltame! — exclamó Ernesto, quien lo miró con rabia y se movió bruscamente para intentar zafarse. Siguieron forcejeando algunos minutos, hasta que Ernesto se rindió. Después de calmarse, Rafa lo hizo entrar en razón y regresaron juntos al orfanato.

5:7 Abraham y Max continuaban el trabajo comenzado el día anterior. Abraham se acercó al lago con un último cargamento de materiales. Al ritmo que iban, probablemente terminarían para las seis de la tarde.

Los niños, por su parte, estaban todos ocupados. Había llegado el ansiado día de la presentación de "Romeo y Julieta", por lo cual todos estaban ayudando con los últimos detalles.

5:8 Eran las seis y treinta de la tarde. Entre el público se encontraban la Nana, José el jardinero, Fernando el vigilante, Rubén, el repartidor de comida, Abraham y Max, que ya habían terminado sus preparativos.

Justo antes de empezar, y detrás de bambalinas, Dana se tiró al piso quejándose de un dolor insoportable, mientras se apretaba el estómago.

— ¡Ay, no puedo más! ¡Me duele muchísimo!

— ¿Qué pasa? — preguntó Rafa, que ya se encontraba disfrazado de Romeo.

— No es nada. Ya se me va a pasar. Pero me tengo que mantener acostada.

— ¿Qué está pasando aquí? — Preguntó Abraham, que acababa de entrar y no entendía nada — Tienen al público esperando.

— Dana no puede actuar — respondió Rafa — Hay que cancelar. Sin Julieta, no hay función.

— Vamos, no es nada. Párate — dijo, volteándose hacia Dana.

— De verdad, no puedo. Es insoportable.

— ¿Qu-e vamos a hacer?

— Emily puede ser Julieta — interrumpió Dana — Se sabe el libreto de memoria. Era mi apuntadora.

— ¿Yo? — exclamó Emily — ¡Ni loca!

— Es verdad — dijo Abraham, obviando el comentario de Emily — No se me había ocurrido. Rápidamente, a vestirse. Hay un público esperando. No queremos que se desesperen.

Emily volteó hacia Dana, quien le guiñó el ojo sonriéndole. La sonrisa fue correspondida. Todo estaba listo para comenzar. Walter tomó el micrófono, miró al público y empezó:

En la ciudad de Verona, en el siglo XIV o XV, dos familias mantienen viejas rencillas desde hace años. Partidarios de los dos bandos se encuentran en la calle y se enfrentan en una pelea. El Príncipe, máxima autoridad de la ciudad, se presenta y los separa. Mientras, Romeo, el joven Montesco, que no interviene en la pelea, busca la soledad para llorar sus penas de amor...

Y así, desde la primera escena hasta la última, la representación continuó sin imprevistos. En el último acto Javier, que interpretaba al príncipe, concluyó:

...y para inmortalizar la memoria de esta firme conciliación, ordenó el señor de Verona que los cuerpos de los dos infelices amantes fuesen colocados juntos en el sepulcro que les vio morir, erigido en columna de mármol y cubierto de inscripciones. Así, pues, entre las raras excelencias que se muestran en la ciudad de Verona, ninguna tan célebre existe como

el monumento de Romeo y Julieta.

El público se paró a aplaudir. La obra había sido todo un éxito. En lo único en que se había salido del libreto, era en una extensión-no-programada del último beso de Julieta.

5:9 Abraham y Max estaban agotados tras dos largos días de trabajo y dos noches con menos horas de sueño de las que el cuerpo y la mente requieren para funcionar correctamente. Se fueron a dormir.

Esa noche, Morfeo hizo de las suyas otra vez. Luego de varias imágenes que no pudo descifrar, pero que de todos modos no recordaría al levantarse, se vio envuelto en una túnica y caminando descalzo por un terreno desértico con la ayuda de un bastón. El viento le hacía flotar la larga barba y le desordenaba la cabellera. Una enorme nube de fuego iluminaba la noche. Con cierto temor, comenzó a voltear la cabeza para descubrir un mar de personas que lo seguían con los ojos vendados. Pudo reconocer entre ellos a Rafa, Javier, Nicole y Dana. A diferencia del resto, Dana no llevaba la venda en los ojos. Caminaba hacia adelante como los demás, pero como siendo empujada por ellos, y su mirada se mantenía hacia atrás, enfocada en la gran nube de fuego, de la cual no entendía realmente por qué se alejaban, aunque consciente de que no había nada que pudiera hacer al respecto.

Y tú, alza tu vara, extiende tu mano sobre el mar y divídelo, para que los hijos de Israel pasen por medio del mar en seco.

El ángel de Dios, que iba delante del campamento de Israel, se apartó y se puso detrás de ellos; asimismo la columna de nube que iba delante de ellos se apartó y se puso a sus espaldas.

El grupo, guiado por Abraham, alejaba a Dana de la llama a la fuerza, sin darle otra opción que la de continuar con ellos. Se distanciaban de la luz, y pronto Abraham comenzó a sentir frío, y luego humedad. Volteó la cabeza a lado y lado, y experimentó una sensación de vértigo al ver dos paredones de agua de cincuenta metros de alto. Siguió caminando para librarse del peligro inminente que significaban los muros de agua, que amenazaban con derrumbarse de un momento a otro. Continuó caminando hasta llegar a la cima. El agua comenzaba a librarse y descender, mientras él observaba impotente desde la cima.

Moisés extendió su mano sobre el mar, e hizo Jehová que el mar se retirara por medio de un recio viento oriental que sopló toda aquella noche. Así se secó el mar y las aguas quedaron divididas.

Entonces los hijos de Israel entraron en medio del mar, en seco, y las aguas eran como un muro a su derecha y a su izquierda.

A una velocidad impresionante, las dos paredes de agua se desplomaron, arrasando con todo lo que encontraban en su camino, incluyendo a los niños. Dana lo llamaba a gritos, pero él parecía no escucharla. Los niños hacían un esfuerzo inútil por escapar. Abraham, a lo lejos, solo observaba. La nube de fuego se desvanecía y el agua regresaba a su nivel original. Entonces, se quedó solo.

Los egipcios los siguieron, y toda la caballería del faraón, sus carros y su gente de a caballo entraron tras ellos hasta la mitad del mar.

Se levantó de un brinco con el rostro empapado de sudor. Eran las seis de la mañana y recordó que todavía quedaba mucho por hacer. Se dirigió al baño y se vio al espejo por un largo rato. La cabellera le había crecido desde que decidió encargarse de la finca, tenía la barba larga y desarreglada. Se le mezclaba la imagen del sueño con la que veía en el espejo. Se peinó un poco y se lavó los dientes.

Hoy sería un gran día. Hoy cruzarían el mar.

5:10 Esa noche, mientras los demás cenaban, Abraham apartó del grupo a Dana hacia su cuarto para poder hablarle en privado, mientras Max seguía con los últimos ajustes.

— Dana — comenzó — ¿Te acuerdas de Dios?

— Sí — dijo con seguridad — Está cuidando a Mami, y a Goliat también. Pero creo que tú no te acuerdas, pareciera que nadie por aquí se acuerda.

Abraham sonreía como un maestro orgulloso de su alumno:

— Nunca dejarás de sorprenderme. Tienes razón. Últimamente me he olvidado de Él, pero ahora lo recuerdo, lo recuerdo muy bien. Lo he abandonado y te necesito para traerlo de regreso. Necesito tu ayuda.

— ¿Qué tengo que hacer?

— Nada, solo perdonarme por lo que voy a hacer, pues es por una causa justa.

Abrió el candado de su botiquín privado. Recorrió los envases con la mirada, mientras leía sus rótulos. Una vez más, como las mil veces en las que había buscado alivio para Jorge, dudó. Pero esta vez no podía titubear, pues había que continuar con el plan.

Había asesinado a Dios, ahora le correspondía resucitarlo.

El mensaje era difícil de asimilar, pero muy claro. Había que hacer un sacrificio.

5:11 Abraham salió hacia el comedor y Dana, a duras penas, lo seguía.

Mientras atravesaban el corredor, y ante las miradas estupefactas de todos, Dana se desplomó.

Abraham corrió hacia ella y empezó a tratar de reanimarla con suaves cachetadas. Inmediatamente se acercaron y rodearon el cuerpo inmóvil.

Ante la impotencia que sentían, algunos lloraban, otros gritaban y otros simplemente esperaban. Trató, inútilmente, por todos los medios posibles de reanimarla.

Siguió probando inútilmente con diferentes maniobras.

— ¡Dana, despierta! — gritaba Abraham — ¡Dana, Dana!

Abraham continuó inútilmente tratando de reanimar a su hija.

Ante la desesperación, Abraham la cargó entre sus dos brazos y gritaba:

— ¡No! ¡No! Por favor. No puedes llevártela. ¡Dana! ¡Dana! No ahora cuando más te necesito. ¡Perdóname, por favor!

Extrañados, los niños se miraban entre sí sin tener idea de a quién se dirigía. No había tiempo que perder, salió corriendo con Dana en sus brazos. Por reacción natural, los niños salieron detrás de él. Abraham los guió al lago.

Cuando todos llegaron, comenzó:

— Dios nuestro y de nuestros padres, te ruego que me escuches. Por favor, no te lleves a mi hija. Llévame a mí, pero no a ella. Tráemela de regreso. Estoy dispuesto a sacrificar lo que sea necesario.

No hubo respuesta. Abraham repitió su plegaria, una y otra vez, aumentando progresivamente su tono de voz. Cuando la repetía por tercera vez, un trueno opacó su voz, seguido por una lluvia torrencial. Abraham continuaba sus súplicas casi inaudibles por la tormenta. Se volteó hacia los demás y les dijo:

— Por favor, ayúdenme a regresarla, no permitamos que se vaya. Pidan, rueguen, supliquen.

Mientras algunos se miraban sin saber qué hacer, otros repetían lo que Abraham recitaba sin entender mucho lo que hacían o decían. Abraham recostó a Dana en sus brazos y se dirigió al lago. Se detuvo momentáneamente en la orilla y luego siguió. Ante el asombro de todos, Abraham había entrado cinco metros dentro del agua y se mantenía aún como flotando en la superficie. Mientras la lluvia se hacía cada vez más fuerte, Abraham se adentraba un poco más caminando sobre el agua. Se detuvo y comenzó a levantar los brazos como queriendo entregarla y gritó:

— Por última vez te lo ruego. Devuélvemela.

Y Moisés subió a Dios; y Jehová lo llamó desde el monte, diciendo: Así dirás a la casa de Jacob, y anunciarás a los hijos de Israel: Vosotros visteis lo que hice a los egipcios, y cómo os tomé sobre alas de águilas, y os he traído a mí. Ahora, pues, si diereis oído a mi voz, y guardareis mi pacto, vosotros seréis mi especial tesoro sobre todos los pueblos; porque mía es toda la tierra.

5:12 No había terminado aún la frase, cuando un relámpago iluminó la oscura noche.

Abraham regresó a la orilla sin resultado. Recostó a Dana cerca del asador. Buscó a Max con la mirada y lo consiguió entre los ojos nerviosos de los niños. Mostrando desesperación, negaba moviendo la cabeza, tratando de decirle: "no funcionó". Se arrodilló y comenzó a llorar sobre ella.

Nuevamente se iluminó la noche, pero ahora era a causa del fuego que se prendió inexplicablemente en las brasas previamente consumidas y además, completamente empapadas. Los niños temblaban, unos de frío, otros de miedo.

— ¡Miren! — gritó Nicole — ¡Se está despertando!

Como levantándose de un largo sueño, Dana abrió los ojos lentamente. Abraham la abrazó contra su cuerpo entre gritos de alegría y saltos de emoción, y suspiró. Todos se acercaron a abrazar al alma que había sido arrancada del mundo de los muertos, de los brazos de Hades.

5:13 Cuando los ánimos regresaban lentamente a la normalidad, pero el asombro aún seguía en el aire, Abraham consideró que era el momento adecuado para la clase más importante de su vida.

Entonces vino Moisés, y llamó a los ancianos del pueblo, y expuso en presencia de ellos todas estas palabras que Jehová le había mandado. Y todo el pueblo respondió a una voz, y dijeron: Todo lo que Jehová ha dicho, haremos. Y Moisés refirió a Jehová las palabras del pueblo.

5:14 La lluvia había cesado. Abraham los reunió a todos alrededor de una fogata improvisada, aprovechando las brasas que aún ardían, y los encaró. Los tenía a todos finalmente reunidos, pero estupefactos y sin habla. Observó, uno a uno, cada uno de sus rostros. Por último, volteó hacia Max, del que recibió una sonrisa alentadora y comenzó:

— Hay algo que necesito decirles. Es un concepto complicado, pero creo que poco a poco lo entenderán. El mundo en que vivimos y del que yo los he aislado, está dividido en grupos de acuerdo a sus creencias, estos grupos se llaman religiones y han existido a lo largo de la historia. Estas religiones, se centran en la creencia o veneración de uno, o varios dioses. Estos dioses, son seres supremos, en su mayoría con poderes sobrenaturales, y son adorados por sus adeptos. A lo largo de la historia, estos dioses han pasado por figuras humanas, animales, a veces inclusive ni siquiera visibles. Se les ha atribuido desde fenómenos naturales como rayos, terremotos o cualquier evento inexplicable, hasta el poder controlar nuestros destinos, curarnos de enfermedades, definir nuestro fracaso o nuestro éxito. Son considerados una autoridad, jueces supremos, creadores. Las religiones principales de hoy en día, creen en un dios único, todopoderoso, sin una forma concreta.

Algunos seguidores de estas religiones han ido tergiversando la idea original por la que fueron creadas, generando distancias entre los miembros de las diferentes religiones, y muchas veces odio. Odio que provocó, y sigue provocando, guerras y miles de muertes. Obviamente, nadie ha podido probar, positiva o negativamente, la existencia de estos dioses o Dios.

Por culpa de la intolerancia entre las religiones, mejor dicho, por culpa de mi intolerancia, perdí a mi hijo mayor David. Él estaba enamorado de una muchacha de otra religión y ni su familia ni yo pudimos aceptarlo. Decidieron escaparse juntos, porque ellos entendieron que el Dios en que ambos creían, era en definitiva, el mismo. Desde ese día no lo vi más, y solo porque no pude aceptar que las creencias de mi hijo fuesen diferentes a las mías, a pesar de que es lo que he predicado toda mi vida. Cuando mi hermana Lea me dio la oportunidad de encargarme de ustedes, se me ocurrió una idea, un experimento: crear un mundo sin religión, donde no existieran barreras, donde no fuéramos diferentes por lo que creemos, un mundo donde no habría perdido a mi hijo.

Aconteció que al tercer día, cuando vino la mañana, vinieron truenos y relámpagos, y espesa nube sobre el monte, y sonido de bocina muy fuerte; y se estremeció todo el pueblo que estaba en el campamento. Y Moisés sacó del campamento al pueblo para recibir a Dios; y se detuvieron al pie del monte. Todo el monte Sinaí humeaba, porque Jehová había descendido sobre él en fuego; y el humo subía como el humo de un horno, y todo el monte se estremecía en gran manera. El sonido de la bocina iba aumentando en extremo; Moisés hablaba, y Dios le respondía con voz tronante.

5:15 Abraham se detuvo por un momento, recorrió con sus ojos tristes las caras perplejas donde se reflejaba el fuego, observó las miradas ensombrecidas y continuó:

— Al hacerlos parte de mi experimento, los aislé en el orfanato y los privé de una de las cosas más hermosas de la vida, los privé de la posibilidad de formar parte de una familia, de tener padres, de tener un hogar — al decir esto, volteó hacia Dana suplicando perdón con la mirada — A partir de mañana, el orfanato Milagro abre sus puertas al exterior nuevamente. Cada uno de ustedes, en un futuro cercano, formará parte de una familia. Esa familia tendrá sus creencias, a las que ustedes deberán adaptarse hasta que tengan el criterio y la madurez necesaria para decidir su propio camino. Así como tendrán que acostumbrarse a desayunar a la hora que desayunen, a vestir como ellos vistan, también deberán adoptar su religión y sus creencias, pero más importante que esto, les pido que nunca desprecien o rechacen a otra persona por no creer en lo mismo que ustedes, por mirar el mundo de una forma diferente. Entiendan que en el fondo todos creemos en lo mismo, aunque le pongamos nombres diferentes o lo veamos de otro color, es en definitiva lo mismo.

5:16 Abraham calló. Ninguna voz se atrevió a llenar el vacío ocupado por el silencio. Lo rodeaban miradas perdidas. Lo rodeaban mentes en desconcierto, mentes que solo después llegarían a entender lo que los corazones ya habían comprendido.

Abraham fue el primero en pararse. Los demás se fueron parando poco a poco. Uno a uno se fueron alejando, algunos en grupos, otros solos; varios se fueron al cuarto, había quienes miraban al cielo, los había también quienes cerraban los ojos. Javier, por su parte, regresó al altar de Jorge. Nicole se acercó a Abraham y lo abrazó con fuerza, Abraham le acarició la cabeza y se retiró.

5:17 Max aceleró el paso y alcanzó a Abraham.

— Dudo que el Faraón se hubiera atrevido a negarte la liberación de los esclavos. Te juro que me trasladaste tres mil años atrás. Estuviste increíble. Todo estuvo perfecto, la plataforma justo a ras del lago, la anestesia que funcionó perfectamente, todo. Hizo el efecto deseado en Dana, la verdad que calculaste el tiempo exacto.

— Y no olvides la lluvia. La lluvia no pudo habernos caído mejor; un poco de suerte nunca está de más.

— Cierto. Pero también el fuego fue un detalle excelente. ¡Qué bueno que se te ocurrió! ¿Cómo hiciste para prenderlo?

— ¿El fuego? Podría haber jurado que fue idea tuya, hasta lograste asustarme.

Abraham y Max, boquiabiertos, se miraron con expresión de sorpresa.

Ambos a la vez tornaron sus miradas hacia las llamas, y luego alzaron los ojos hacia el cielo hasta que sus miradas se volvieron a encontrar. La última reacción ante lo inexplicable fue una carcajada.

5:18 Los días pasaron y el orfanato abrió sus puertas. Abrió sus puertas al mundo, a la sociedad.

Abraham les hablaba a los niños sobre las diferentes religiones, y ellos preguntaban, opinaban, leían la Biblia, leían el Corán, rezaban, meditaban.

5:19 Jueves por la mañana, Abraham los reunió a todos en el comedor después del desayuno.

—Hoy se cumple un aniversario más del día en que perdí a mi hijo David. Si ustedes me lo permiten, quisiera pedir por él. Quisiera pedir que, donde sea que se él se encuentre, esté en paz. Si ustedes me permiten un minuto, me encantaría que me acompañen.

En ese momento, Abraham desempolvó su *talit* y sus *tefilin*, que tanto había vacilado en traer cuando se mudó al orfanato, pero algo dentro de sí le había dicho que algún día los volvería a usar, era la voz de su padre, o la suya propia, tal vez.

Con calma, y ante una audiencia prácticamente hipnotizada, se envolvió dentro del largo y amarillento *talit*, que dejó caer suavemente sobre sus hombros. Seguidamente, se colocó los *tefilin*, uno que se enrolló con siete vueltas alrededor del brazo izquierdo y otro que ajustó en la cabeza. Tomó el libro de rezos y empezó en voz baja, reconociendo que no contaba con el respectivo *minyan*. A medida que avanzaba, la voz comenzaba a proyectarse por el salón.

Cuando iba terminando el *kaddish* no pudo controlar el llanto, pero respiró profundo y culminó con una voz que retumbaba por el salón y que le causaría envidia a cualquier tenor:

"Osé Shalom Bimromav, Hu Yaasé Shalom Alénu Veal Col Israel, Veimrú: Amén".

"El que establece la armonía en Sus alturas, nos dé paz a nosotros y a todo el pueblo de Israel, y decid: Amén".

5:20 Tras el rezo, Abraham permaneció en el centro del salón con los ojos cerrados, sosteniéndose de su libro de rezos como si el mismo pudiera evitarle desplomarse al piso.

5:21 De regreso a su cuarto, Abraham se detuvo en la enfermería en busca de unos calmantes. Sus dolores de cabeza continuaban y se habían vuelto insoportables. Dependía de aquellos fármacos que en los últimos años le habían permitido cruzar el umbral de la noche hasta el siguiente día decenas de veces. Ahora una dosis normal apenas si le reducía las jaquecas. Necesitaba algo más fuerte. Una vez más, abrió su botiquín privado y procedió a leer las etiquetas, envase por envase, buscando un alivio para su pena. Las opciones no eran muchas, y ninguna lo suficientemente atractiva, pero el dolor, y la subsecuente depresión que su persistencia le causaba, eran inaguantables. Definitivamente, así era imposible continuar. Mientras su mente se rendía, su corazón continuaba luchando, día a día, bombeando un poco de vida. El espíritu de Abraham buscaba fuerzas para continuar. Tenía que probar algo más fuerte, algo que le quitara el dolor definitivamente.

5:22 *Entró a su cuarto y comenzó sacándose el talit de los hombros, que dejó caer sobre la cama. Luego, mientras se iba desenrollando los tefilin, se dio cuenta por primera vez que la cama estaba impecablemente tendida.*

Rápidamente volteó y vio a un niño sentado en el piso haciendo un dibujo. Sin pensar en lo ridículo de su pregunta, la hizo:

—¿... D-David?

El niño simplemente levantó la cabeza y sonrió.

— ¿David? — volvió a preguntar extrañado, pensando por un momento que preguntaba en sueños.

— Son igualitos, ¿verdad? — dijo Debbie, mientras atravesaba el vano de la puerta de la mano de David— Hasta su padre los confundiría.

Abraham quedó completamente paralizado. Un escalofrío recorrió su cuerpo, sentía una descarga eléctrica que le clavaba los pies al piso. Sin aliento, sin palabras, trataba inútilmente de construir una historia coherente de lo que estaba presenciando. Quería preguntar frenéticamente para obtener algo de información que lo ayudara a armar el rompecabezas, pero solo balbuceaba.

Debbie se le adelantó, lo tomó por los brazos y lo abrazó. Las piernas le temblaban, apenas podía mantenerse en pie.

— Es un milagro — dijo con una voz debilitada y entre lágrimas que no pudo contener— Es un milagro. Tantos años de plegarias, tantos años de espera.

Abraham los abrazó fuertemente emocionado. Por un largo rato lloraron los tres, mientras el niño los contemplaba, con una mezcla de ternura y desconcierto.

Hizo una pausa y, como volviendo a la realidad, continuó:

—...pero, yo vi las fotos, con mis propios ojos. El jeep estaba

completamente destrozado y los cuerpos... sus cuerpos, completamente calcinados...

— Papá — interrumpió David, antes que Abraham siguiera con sus conjeturas — Fue un accidente, un terrible accidente.

— ...pero, ¿cómo...?

— Déjame continuar, por favor. Fue un terrible accidente, sí, pero no estuvimos ahí. Los vecinos nos pidieron prestado el carro para hacer unas compras. Nunca regresaron. Durante el primer mes del embarazo, Debbie estaba en una situación muy delicada. Estaba en reposo la mayoría del tiempo, así que nos quedamos en casa.

— Entonces... — interrumpió Abraham señalando al niño — El es tu... ¿es mi nieto?

— Sangre de tu sangre.

El momento, sin duda, requería de una pausa para recapitular.— Pero... ¿cómo pudieron? ¿Por qué nos lo ocultaron? Pensamos que habían muerto todos. Y el dolor de tus padres — dijo mirando a Debbie — y mi dolor.

— ¿Qué cómo pudimos? ¿Y dónde queda nuestro dolor, nuestro sufrimiento, mi rabia? — contestó Debbie, llorando incontrolada — Ustedes habían muerto para mí. Siempre los culpé por nuestra huida. Nunca los pude perdonar.

Tragó lentamente, respiró profundo y continuó:

— Pero tal parece que hasta la herida más grande y más profunda la cicatriza el tiempo.

Abraham abrazó a Debbie con todas sus fuerzas y lloró desconsolado.

— Perdón, te suplico que me perdones. ¿Cómo pude? ¿Cómo pudimos? Fui un idiota ¿Cómo no pude ver más allá de donde veían mis ojos?

— Yo también te debo una disculpa, mi maestro, mi amigo — sollozaba Debbie, mientras se sonaba la nariz con un pañuelo — Creo que todos hemos tenido suficiente castigo por nuestros errores.

Abraham, entre sonrisa y llanto, con una expresión de melancolía en el rostro, similar al arcoíris producto de la lluvia y la luz del sol, miraba a su nieto. Con un movimiento de manos, lo invitó a acercarse.

Entonces, después de mirar a sus padres para recibir su aprobación, se acercó.

— Hola — dijo con ternura en su voz — Soy Abraham, tu abuelo.

— Hola — respondió el pequeño tímidamente, escondiendo la cara entre sus manos.

— ¿Cómo te llamas?

— Abraham Rosenthal Johnson — contestó con orgullo.

— Abraham Rosenthal Johnson... — dijo Abraham para sus adentros — ¡Qué bonito nombre! ¿A qué te gusta jugar, David?

El pequeño Abraham lo miró confundido.

— Abraham, perdón — se corrigió el mismo sonriendo.

— Fútbol, mi papá es mi entrenador — dijo orgulloso.

— A mí me encanta el fútbol. ¿Te gustaría ir a jugar con los otros niños?

— ¡Sí! — exclamó el pequeño Abraham descubriéndose el rostro y mostrando una enorme y hermosa sonrisa.

— Vayan adelantándose. Ya los alcanzo.

El pequeño salió corriendo del cuarto. Debbie abrazó una vez más a Abraham, lo besó en la mejilla y salió corriendo detrás de su hijo.

Abraham y David quedaron solos en el cuarto. Se miraron fijamente a los ojos. Las miradas se encontraron con dolor, suplicándose perdón. Se abrazaron nuevamente y Abraham besó la frente de David.

— Te espero afuera, Papá.

David abandonó la habitación. Abraham miró hacia arriba y susurró:

— Me agarraste por sorpresa. No esperaba ver hoy uno de tus ángeles —
se limpió una lágrima con la manga de la camisa y concluyó — Gracias, lo
necesitaba.

Salió del cuarto, y al doblar la esquina en el pasillo, estuvo a punto de
tropezar con Nicole que jugaba con sus muñecas.

—¿Viste hacia dónde fue el muchacho que salió de mi cuarto? —
preguntó Abraham.

— No he visto a nadie por aquí — contestó Nicole, concentrada en su
juego y casi sin levantar la cabeza.

5:23 *Un mes después, Abraham decidió regresar a sus clases. Abraham*
se abrió paso entre los estudiantes, se acomodó los lentes y se acarició la
barba mientras en el ambiente se escuchaba absoluto silencio.

En el principio creó Dios los cielos y la tierra...

1:1 — Cito: *"Este admirable ordenamiento del Sol, los planetas y los cometas no puede ser sino la obra de un Ser todopoderoso e inteligente. Y si cada estrella fija es el centro de un sistema semejante al nuestro, es cierto que, llevando todo el sello de un mismo designio, todo debe estar sometido a un solo y mismo Ser...Este Ser infinito gobierna todo, no como alma del mundo, sino como el Señor de todas las cosas. Y a causa de este imperio, el Señor Dios es llamado "Señor Universal"... Dios es el Ser supremo, eterno, infinito, absolutamente perfecto. Sir Isaac Newton".*

Aquí hizo una pausa permitiendo al grupo reflexionar acerca del pensamiento.

—Dios el Todopoderoso... interesante concepto, ¿quién me lo explica?...

GLOSARIO

ASHKENAZÍM: Judíos originarios y descendientes del Este de Francia, Alemania y Europa Oriental.

BAR/BAT MITZVÁ: Ritual que se realiza a la edad de 13 años (hombres) y 12 años (mujeres), en el cuál se introducen dentro de la comunidad como adultos. Similar a la Primera Comunión en el cristianismo.

BRIT MILÁ: Ritual que se realiza a los ocho días del nacimiento de un bebé varón, en el cuál se corta el prepucio y así se marca su pertenencia al pacto de Dios con Abraham, y su pertenencia al pueblo judío.

JAZÁN: Cantor. Persona que guía, junto con el rabino, los rezos de una congregación.

KADDISH: Rezo dedicado a santificar a Dios, asociado con los rituales de duelo.

KASHRUT: Leyes judaicas que rigen el tipo de alimentación permitida y su preparación.

KIPÁ: Gorro que usan los hombres judíos durante el servicio religioso. Los judíos ortodoxos lo usan todo el tiempo.

MAGUÉN DAVID: Estrella de David. Estrella de seis puntas asociada comúnmente como símbolo del judaísmo.

MEZUZÁ: Recipiente alargado que guarda un pergamino que contiene dos rezos (pasajes de la Shemá). Se cuelga en la parte superior derecha de los marcos de las puertas en las casas y negocios judíos.

MINYAN: quorum mínimo de diez personas adultas (entiéndase hombres mayores de 13 años), requerido según el judaísmo para la realización de ciertos rituales, el cumplimiento de ciertos preceptos o la lectura de ciertas oraciones.

MOHEL: Persona encargada de la circuncisión.

MORÉ: Profesor (hebreo).

NE'ILÁ: Último rezo de Yom Kipur.

PEIOT: Rulos usados por los judíos ortodoxos a ambos lados de la cara, que se originan de la interpretación ortodoxa del mandato bíblico de no afeitarse las patillas.

PÉSAJ: Festividad judía que conmemora la salida de los judíos de la esclavitud en Egipto.

RABINO: Profesor religioso conocedor de la ley judaica. Líder religioso.

SANEDRÍN: Fue el consejo supremo de los judíos con potestad sobre los asuntos de Estado y de religión.

SEFARDÍM: Judíos originarios y descendientes de España, Portugal, Norte de África y Medio Oriente.

SHABAT: Es el día del descanso que empieza con la puesta de sol del viernes y termina con la salida de las estrellas el sábado.

SHALOM: Tiene dos significados en hebreo; el primero es de salutación (tanto inicial como despedida) y el segundo significado es paz (hebreo).

SHEMÁ: Bendición integrada por tres partes del Pentateuco, pero, por regla general, la palabra se utiliza para referirse al primer versículo: "Escucha, Oh, Israel, el Señor Nuestro Dios, el Señor es único".

SHTETL: Pequeña villa judía de la Europa Oriental.

SHOFAR: Cuerno utilizado como trompeta en servicios religiosos (mayormente, de carnero).

SINAGOGA: Lugar de reunión de congregaciones judías, dedicado a la oración.

TALIT: Chal de oraciones con flecos, usado en los servicios matutinos.

TEFILIN: Filacterias. Consta de dos cajas negras de cuero que contienen pasajes de las Sagradas Escrituras. Se atan con unas correas negras de cuero al brazo izquierdo y a la frente durante las oraciones matutinas diarias (salvo en shabat y en ciertas fiestas).

TEHILIM: Son un conjunto de cinco libros de poesía religiosa que forma parte tanto de la Biblia hebrea como del Antiguo Testamento cristiano.

TORÁ: Significa literalmente "enseñanza" en hebreo, pero la palabra se utiliza para designar el Pentateuco, los cinco libros de Moisés.

TZIZIT: Flecos sujetos a las esquinas de una camiseta, como recordatorio de los mandamientos bíblicos.

YESHIVÁ: Academia de estudios religiosos judaicos, usualmente ortodoxos.

YIDDISH: Dialecto utilizado por los judíos de Europa Oriental, derivado del alemán antiguo, del hebreo y de lenguas eslavas.

YOM KIPPUR: Día de la expiación. Es la jornada más solemne del año judío, dedicada al arrepentimiento, la plegaria y el ayuno.

ZEIDE: Abuelo en Yiddish.